ABAIXO DO PARAÍSO

ABAIXO DO PARAÍSO

André de Leones

Rocco

Copyright © 2016 by André de Leones

Direitos desta edição reservados à
EDITORA ROCCO LTDA.
Av. Presidente Wilson, 231 – 8º andar
20030-021 – Rio de Janeiro, RJ
Tel.: (21) 3525-2000 – Fax: (21) 3525-2001
rocco@rocco.com.br
www.rocco.com.br

Printed in Brazil/Impresso no Brasil

Preparação de originais
FLÁVIO IZHAKI

CIP-Brasil. Catalogação na fonte.
Sindicato Nacional dos Editores de Livros, RJ.

L576a	Leones, André de
	Abaixo do paraíso/André de Leones.
	– 1ª ed. – Rio de Janeiro: Rocco, 2016.
	ISBN 978-85-325-2977-0
	1. Ficção brasileira. I. Título.
15-23290	CDD-869.93
	CDU-821.134.3(81)-3

Para a Maria Eugênia.

A minha alma agora se dissolve:
os dias de aflição apoderam-se de mim.
De noite um mal penetra meus ossos,
minhas chagas não dormem.
Ele me agarra com violência pela roupa,
segura-me pela orla da túnica.
Joga-me para dentro do lodo
e confundo-me com o pó e a cinza.

Jó 30, 16-19.

Carregam-vos nas sombras, ou são sombras
que vos carregam? (...)

Jorge de Lima, em *Invenção de Orfeu* (II, 14).

SEGUNDA-FEIRA

Cristiano soube tão logo abriu os olhos: não estava em casa. Ele sentiu a camisa grudada nas costas, depois o peito congestionado, a testa empapada. Os olhos ardiam. Desacostumara-se com a atmosfera febril do lugar. Ela o adoecia, ou talvez fosse a ressaca. Em todo caso, o calor não esperava o dia avançar, havia um pequeno intervalo ao fim da madrugada (não estava tão quente quando despencou ali, por exemplo), mas antes e depois era a mesmíssima investida crematória, o castigo ensolarado do Criador.

Levou a mão esquerda à testa. Tremia um bocado.

Os ponteiros do relógio de parede, um metro e meio acima do encosto do sofá, estacionaram às três e pouco de alguma tarde ou madrugada (como saber?). Seria possível que alguém tivesse testemunhado o momento exato em que o relógio pifara? Por acaso, atravessando a sala, olhando naquela direção no instante em que o ponteiro mais fino desistia? Esfregou os olhos, que arderam mais. A impressão de que o tempo para quando olhamos diretamente para ele.

Ele se sentou, bocejando. Onde foi que eu meti o celular? Apalpou os bolsos das calças, o vão entre o braço e a almofada do sofá, mas não encontrou nada. Talvez estivesse na mochila, ou no carro, no banco do carona, no porta-luvas, descansando sobre a Bíblia, talvez jogado no painel ou caído no assoalho. Melhor não ter esquecido em alguma birosca, a bebedeira da tarde anterior invadira a noite e ele e os outros se entregaram a uma odisseia etílica Taguatinga adentro, pulando de boteco em boteco, três, quatro, nem se lembrava mais, a cabeça pesando, o estômago tomado por uma família de roedores.

Não: usara o celular ao chegar a Goiânia, claro, a ligação intempestiva a que Paulo atendera assustado (eram 5:10 da manhã), quer me matar do coração, fidumaégua?
– Onde foi que você se meteu?
Deu uma rápida olhada no chão, ao redor dos pés e da mochila, podia ter caído por ali, ou se jogado, as coisas ganhando vida enquanto ele dormia e o celular pulando no vazio, animado pelo relógio estanque, é a melhor opção, amigo, vai por mim, e então um suicida cansado da estrada, saltando: aqui eu termino. Lá estava: dentro do calçado, o pé esquerdo, confortavelmente aninhado sobre as meias sujas. Uma espécie de manjedoura. Ele o alcançou. Morto, de fato. Descarregado. Parecia refletir a inércia do relógio pregado na parede. Dois entes silenciados. Entre a manjedoura e a cruz, um cansaço enorme.

O barulho do liquidificador se espalhava desde a cozinha, misturando-se à notícia televisiva de um assassinato, a repórter de olhos arregalados e braços duros escandindo uma ou outra sílaba como se fosse ela a vítima dos tiros e um dano neurológico se insinuasse no corpo e na fala – as palavras esvaziadas, reafirmando a gratuidade de seu uso.

Ainda é cedo, pensou Cristiano. E era mesmo.

Havia menos de duas horas que deixara o carro no estacionamento do teatro. Paulo o esperava na entrada do prédio, em plena calçada da Anhanguera, poucos metros a oeste da esquina com a Tocantins, descalço, camiseta e bermuda, as canelas brancas de ossos pronunciados parecendo dois longos olhos alienígenas, o celular numa das mãos e a expressão de quem talvez esperasse por outra chamada desdizendo a anterior, foi um trote, cara, te peguei, agora vai dormir, vai.

– Cinco meses, porra! Pensei que tivesse morrido.

– Pois é – Cristiano abriu os braços. – Não morri, não.
– Matou alguém, então.
– Não, não – tentava sorrir. – Nada disso.
– Sério, não matou ninguém?
– Ainda não.
– Jura?
Respirou fundo. O que você quer eu diga? O que você quer ouvir? – Eu chego lá, cara.
– Não duvido. Mas não duvido mesmo.
Precisou respirar fundo uma segunda vez e desviar os olhos do amigo, a avenida vazia à esquerda e à direita.

Paulo o media de cima a baixo: camisa azul de mangas compridas e porcamente dobradas, amarrotada ao extremo, jeans imundo, os calçados surradíssimos (e que diabo de mancha é essa no pé esquerdo?, parece vômito), uma mochila presa às costas, a cabeça quase raspada, os cabelos podados à máquina dois ou três, barba de uma semana, a cor dos lábios migrara para os olhos; nunca o vira tão pálido e magro, tão abatido.

Como Paulo não se mexesse, ele perguntou: – Mas e aí? Posso ficar aqui hoje ou o quê?

– Pode. Só não faz barulho.

Subiram ligeiros os quatro lances de escada. Era um prédio velho e baixo, com uma fachada cujas linhas remetiam ao *art déco* que, aos olhos de Cristiano, enfeava o centro da cidade, sem porteiro, sem elevador, mas com apartamentos espaçosos, três quartos, área de serviço, todos, ao que parecia, implorando por uma reforma ou, ao menos, para serem repintados; encardidos, cheios de infiltrações, mofados e quentes. Enquanto destrancava a porta, os dois ofegando, outra vez o pedido para que não fizesse barulho, o neném deu um tempo e a Sil finalmente conseguiu pegar no sono. Cochichavam agora.

– E onde é que eu vou dormir?
– No sofá. Minha sogra acampou no quarto de hóspede. Diz que veio ajudar com a criança, mas só faz encher o saco.
– E o outro quarto?
– É o quarto do bebê agora. Ele ainda dorme com a gente, mas, tirando o berço, as tralhas estão todas lá.
– Quartinho dos fundos?
– Transformei numa academia.
– Academia? – Mal contendo o riso.
– É, porra. Academia. Bicicleta ergométrica, esteira, uns pesos, sabe como é.

Os olhos de Cristiano fixos na porta entreaberta, o intervalo escuro que não revelava nada e, mais do que isso, parecia obscurecer o lado de fora onde ainda se encontravam. Tateou a pança do anfitrião sem a menor cerimônia. Se havia uma "academia" no quartinho dos fundos, a barriga de Paulo não a frequentava. O que acontece, então? Ela fica esperando na cozinha enquanto você malha?

– Olha – disse Paulo, encostando a porta –, se quiser, te empresto uma grana e você procura um hotel.
– Não, não, cara. Relaxa. Eu fico no sofá.

A escada e o corredor estavam tão escuros que não precisaram se acostumar com o interior penumbroso do apartamento. Cristiano conseguiu divisar a disposição dos móveis na sala; nada diferente do que ele se lembrava.

– Com fome?
– Só cansado.
– E meio bêbado. Vem tomar um gole d'água, pelo menos.
– Eu sei que preciso de um.

Cristiano deixou a mochila no chão, junto ao sofá. Eles atravessaram a sala e foram pelo corredor até a cozinha. Podiam falar um pouco mais alto ali, não muito. A geladeira aberta, a garrafa sobre a mesa, suando, e os dois homens em pé, cada qual segurando um copo, enquanto lá fora o dia não tardaria a romper.

– Mas que cara horrível.

– Nem me fala.

– Onde foi que você se meteu?

Cristiano sorriu, embora o tom da pergunta fosse o mais sério possível e a resposta (ele sabia, o outro adivinhava) não tivesse a menor graça. (Onde foi que eu me meti? Ora.) – Um monte de lugar – encolheu os ombros. – Fiquei mais em Brasília.

– Brasília?

– Brasília. Taguatinga. Mas primeiro dei aquele pulo em Salvador, você sabe. Receberam o postal, né?

– Se a gente recebeu? A porra desse postal foi o que me impediu de procurar a polícia. Você some sem dizer nada, caralho. A gente ligou pra meio mundo. Já imaginava o pior.

– Foi por isso que eu mandei o postal. Não queria vocês pirando por minha causa.

– A joça do Elevador Lacerda! Caralho, como eu odeio aquela cidade de bosta! "Não esquenta comigo. Dando um tempo fora." Que porra você tava pensando? Que que andou fazendo esse tempo todo?

– Olha...

– Cara, eu... puta merda, viu?

– Você não quer saber. Deixa isso pra lá.

Paulo o encarava, incrédulo. Melhor não perguntar. Melhor não saber. Esfregou o rosto com uma das mãos, depois tomou um gole d'água, balançando a cabeça, o piso engordurado da cozinha. – Tá, tanto faz. Mas não rola sumir desse jeito, Cristiano. É sacanagem.

– Eu sei. Foi mal.

– Precisei de você, cara.
– Foi mal. Desculpa.
– Podia, sei lá, podia ter avisado. A Sil ligou até pro seu pai.
– Sério? – Não parecia realmente surpreso.
– A gente ficou preocupado pra valer.
– E o que é que o velho Lázaro falou?
– Que você não aparecia nem ligava desde sei lá quando.
– Faz tempo mesmo.
– Liga pra ele. Faz alguma coisa decente pra variar. Não deve ser tão difícil.

Um gole longo, a água tão gelada que parecia ressecar ainda mais a garganta. (Água gelada me dá é mais sede, Lázaro costumava dizer.)

– E você dirigiu de Brasília até aqui de cara cheia?
– Não. Dei um tempo num posto. Tirei um cochilo.

O purificador de água e os armários eram novos. Os azulejos foram trocados. Parecia o cômodo de outro apartamento, bem mais novo, arrancado e encaixado ali, móveis e geladeira inclusos.

– Eu... Minha cabeça não andava boa.
– Como assim?
– Precisava sair daqui. Da cidade.

Paulo deu alguns passos para trás e se apoiou na pia. O copo que segurava já estava vazio. – Olhando daqui, não sei, pode ser uma falsa impressão, não sou médico, psiquiatra, nada do tipo, mas, olhando daqui, sua cabeça não parece muito melhor agora.

– É, eu sei. Desculpa aí.
– Tá, tá. Para de pedir desculpa.
– Parei.

Um pequeno impulso rumo à mesa, a garrafa, os copos cheios outra vez. Os copos, as cabeças. O que é que você estava pensando?

– E como é que foram as coisas no DF?

– Você não quer saber – ele repetiu, um meio sorriso rascunhado na cara.
– Verdade. Eu não quero.
– Não quer mesmo, vai por mim – a expressão facial era de alguém prestes a cair no choro ou gargalhar, pressionado entre essas duas possibilidades, indeciso entre elas.
Continuaram em pé, não puxaram cadeiras para se sentar, nem fizeram menção disso, os copos levados às bocas a intervalos regulares, e era como se velassem o corpo de alguém que por acaso estivesse ali em cima da mesa. Não se entreolhavam. Dois estranhos no velório. Pessoas que ainda não foram apresentadas. Gente fingindo que está sozinha num lugar quando, na verdade.
– Posso tomar um banho antes de deitar?
– Claro que pode. Só não vai conseguir dormir muito.
– Eu sei.
– O neném acorda daqui a pouco.
– Sem problema. Só quero descansar um pouco.
– E depois?
– Depois o quê?
– Vai fazer o que depois?
– Não sei. Ainda não pensei nisso. Acabei de chegar.
– Precisa de cascalho?
– Nunca me fez mal. E nesses últimos meses eu gastei bem mais do que ganhei.
Uma pausa, um momento de suspensão, Paulo olhando para ele como se procurasse antever alguma coisa, algo à frente, uma perspectiva do que viesse ou pudesse vir. Uma pista qualquer. Nada. Impossível enxergar, antever o que quer que fosse. Cinco meses fora. Salvador, Brasília, Taguatinga. Minha cabeça não andava boa. Nada além de um cartão-postal. Não esquenta comigo. E, mesmo assim: – Posso te descolar um serviço, se quiser.

– Sério?
– Sério. Não devia, mas posso. Que tal?
– Acho ótimo, de verdade.
– Nada que você já não tenha feito.
– Eu agradeço. Mesmo. Sei que pisei na bola e tudo.
– Pisou mesmo.
– Pisei – concordava, balançando a cabeça feito o aluno arrependido diante da repreensão do professor, só não conta pros meus pais, por favor. – Mas, assim... a gente pode conversar sobre isso depois? Mais tarde? Eu...
– A gente *vai* conversar depois, seu otário. Toma lá o seu banho e se ajeita. Tem toalha limpa no armário do banheiro.
– Beleza, beleza.
– Vou voltar pra cama.
– Valeu, cara.

Já tinha entrado no banheiro e se virava para fechar a porta (só depois é que acenderia a luz) quando ouviu Paulo, ainda na cozinha, resmungar: – Você é completamente maluco, Cristiano, puta que o pariu.

O barulho do liquidificador cessou. O telejornal seguia falando sobre um assassinato, onde mesmo? No Guanabara? Uma garota num ponto de ônibus. Sozinha. Mais uma. Um motociclista se aproxima, para, puxa uma arma e atira. Quatro disparos, um deles no rosto. O corpo na calçada, agora coberto. O corpo estirado. Uma sequência de assassinatos similares. Mulheres jovens, pontos de ônibus ou calçadas vazias, um motociclista, execuções gratuitas. As pessoas se acotovelando, a repórter girando o microfone, a câmera varrendo os rostos, todos prontos para falar, testemunhar, todos falando, testemunhando. Eu vinha por ali, pela outra calçada. Eu vi tudo. Que desgraça. Eu conheço ela. Eu conheço a mãe dela. Minha Nossa Senhora. Ela nunca fez nada. Ela trabalhava e estudava. Cadê a mãe dela? Meu Jesus amado. O sujeito apareceu do nada e atirou. Ela viu a arma e soltou um grito. O sujeito nem tirou o capacete. O que é isso, meu Deus? A polícia não faz nada. Que horror, que horror. Dezenove anos. Como é que pode uma coisa dessas? O corpo imóvel, conforme o concreto. O corpo sem vida, estirado. Agora coberto, mas ainda lá.

Sentado numa poltrona à direita do sofá, Paulo mantinha um cigarro aceso entre os dedos indicador e médio da mão esquerda. As brasas apontavam para cima, a exemplo do controle remoto na outra mão, para o teto escurecido e marcado como a pele da velha que ressonava no quarto de hóspedes, a porta entreaberta. A sogra acampada. Era o neto, claro. Toda a ajuda possível. Toda a enchição. Paulo tragou, depois bateu as cinzas no braço da poltrona. As cinzas caíram no chão. Estava arrumado, barba feita, os sapatos engraxados, tudo no lugar certo, parecia alguém pronto a sair por aí espalhando a Palavra. Cristiano sorriu ao se lembrar de que o irmão mais velho do amigo se chamava Saulo. O que é que os pais tinham na cabeça? Saulo, Paulo. *Levanta, entra na cidade; alguém te dirá o que deves fazer.* Saulo morrera anos antes, um acidente de carro. Cursava Odonto em Anápolis. Uma festa de aniversário em Goiânia, depois a estrada, aula logo cedo, tenho que ir, galera. Por que não deixar o carro na casa dos pais ou mesmo com a aniversariante, uma namorada dos tempos de cursinho, e pegar um coletivo? Até dormiria um pouco no caminho. Por que decidir, teimosa e estupidamente, depois de beber a noite inteira, encarar a rodovia àquela hora, e debaixo de chuva? Tem essa padaria perto da facul, tomo um café reforçado e fico inteiraço. O problema era chegar lá. Ou não chegar: o carro atravessando o canteiro, invadindo a pista vizinha, e o provável é que ele sequer tivesse visto as luzes do caminhão. *Saulo, Saulo, por que me persegues?* Cristiano gemeu, as costas doíam. Não, Saulo não viu nada, luz alguma. As costas ensopadas. Não ouviu, não sentiu porra nenhuma. Esticou braços e pernas, um alongar-se que não resolveria nada, as costas doeriam o dia todo ou até que tomasse uma cápsula de ibuprofeno. Dormir ao volante e bater de frente com um caminhão? Olhou os pés descalços, depois virou a cabeça para o lado. Saulo não viu a luz, não teve tempo. No chão, junto ao sofá, a mochila boquiaberta parecia bocejar. Não viu nada. Os calçados estavam por ali, um par de botas Timberland de couro marrom e solados muito gastos (abria os olhos e sabia que não estava em casa, sempre), semicobertas pela mochila, as meias enfiadas numa delas. Paulo nunca mencionava o irmão. A velha resmungou alguma coisa no quarto, o ventilador se esforçando por lá. O filho batizado como Saulo, à sua revelia, daí sempre se referir a ele como "neném", "criança", "filho". Cristiano alcançou a mochila, pegou um par de meias limpas, o último, calçou-as e depois as botas. Paulo não visitava o túmulo do irmão no Dia de Finados, não rememorava histórias, não chorava quando bêbado, mas tolerava que os pais sempre visitassem o túmulo, no Dia de Finados e no aniversário do desastre, falassem do morto, rememorassem e chorassem quando bêbados. Amarrou os cadarços olhando para o amigo na poltrona, concentrado no telejornal. Tolerou que batizassem a criança com o nome do defunto. Mas, caralho, pensou Cristiano, pra que se lembrar de Saulo? Quase dez anos desde o acidente. Nem eram próximos. O irmão mais velho do amigo. Talvez por causa da noite anterior, a viagem altas horas pela mesmíssima rodovia, sempre se lembrava ao passar por ali, e depois Paulo não dizendo o nome do filho, embora o convite para o batizado, ainda afixado na porta da geladeira, estampasse "Saulo" em letras gorduchas, festivas. Sim, devia ser isso. Descanse em paz, Saulo. Seja bem-vindo, Saulo.

– Conseguiu dormir um pouco?
– É. Um pouco.
– Esse calor desgraçado não ajuda, também. Devia ter pedido pra Sil cobrir o sofá com um lençol.
– Àquela hora? Ia jogar nós dois na rua.

Paulo olhou para ele, sorrindo. Era verdade. – E também não ia adiantar muito, acho.

O calor, o couro do sofá, a disposição das janelas, o próprio lugar ocupado pelo prédio, no meio de outros bem maiores, socado ali; nada adiantaria muito.

– Vou sair e ligar pro sujeito – disse Paulo, os olhos agora voltados para a TV. – Ainda quer o serviço, certo?
– O sujeito me conhece?
– Eu te conheço.
– Do que é que se trata?
– Nada de novo. Uma troca. Ainda não peguei os detalhes, mas sei que é isso. Nada de mais. Você leva um pacote e traz outro. Já fez isso um milhão de vezes.
– Pois é. Não tive a sua sorte.
– Quase ninguém teve – voltou a sorrir. Era baixinho e gorducho, o narigão curvo apequenando os olhos e repuxando a face, tornando o rosto uma espécie de anteparo para si. Os cabelos, que insistia em não pentear, tentavam chamar a atenção, mas era inútil. Tudo nele se resumia ao nariz e à pança. Saulo, o primeiro, também era assim. Herança do pai. Mais alto, contudo. O morto. Herança da mãe. – Vou ligar pro cara. Depois preciso resolver uma coisa acolá, dar uma passada na secretaria. A gente se encontra às onze, beleza?
– Aqui?
– Não. No boteco lá embaixo, do lado do teatro.
– Na birosca.

— É um estabelecimento dos mais finos. Figuras proeminentes costumam se sentar àquelas mesas.

— Você é que insiste em se reunir com os caras ali.

— Discrição é tudo.

— Falando nisso, o que aconteceu com o outro boteco? Aquele na 68?

— Ah, não frequentamos mais o ambiente. Muito exposto. E, além disso, o irmão do dono começou a pedir uns favores, sabe? Nada contra, a gente vive disso, também, mas ele começou a pedir favores demais.

— Em troca do quê?

— Votos. Porções mais generosas de frango a passarinho. Cerveja mais gelada. Paz de espírito. Todo mundo procura alguma paz de espírito. Não acha?

— Só estive lá uma vez.

— Duas, na verdade.

— Pois eu só me lembro da vez em que um coitado gastou os tubos na máquina caça-níqueis, esperando o prêmio que nunca vinha. Então, foi reclamar com o dono do bar, dizendo que a máquina estava bichada, que estavam de sacanagem com ele, que aquilo era um roubo etc. Quis até brigar.

— O cara estava muito bêbado, mas tinha razão. A máquina era bichada. Estavam de sacanagem com ele.

— Toda máquina é bichada, não?

— Mais ou menos. A coisa não é pra ser assim tão escancarada.

— É. Acho que não.

— Ninguém ia querer jogar, se fosse.

— Sei que o cara surtou e ameaçou até ligar pra polícia. Imagina só. Desceu a rua xingando. Foi uma noite animada.

— Foi mesmo.

— Qual foi a outra vez em que eu estive lá?

– Você não se lembra mesmo?
– Juro que não.
– Não tem importância.
– Eu bebia demais.
– Você bebe demais.
– Bebo menos agora.
– A gente nem ficou muito.
– E eu fiz alguma coisa da qual devesse me envergonhar?

Paulo suspirou. – Deixa ver. Você mijou no meio da calçada, vomitou na pia do banheiro, cantou uma coitada que passava, reclamou da música, quis brigar com um sujeito, não me pergunte quem ou por quê, reclamou da conta. Nada de muito grave.

Cristiano riu, embora ainda não se lembrasse de nada. – A isso chamamos *goianidade*.

Paulo também riu um pouco, depois ficou repentinamente sério, o cigarro de novo na boca, tragando com força, os olhos meio fechados, soprando a fumaça para o alto, batendo as cinzas no encosto, dali ao chão. Você é completamente maluco, Cristiano, puta que o pariu.

– Certo. Lava essa cara, toma um café, dá um tempo por aqui e me encontra no boteco. Às onze. Não esquece a mochila. Acho que o serviço vai rolar agora à tarde mesmo.

– Beleza.

– Depois a gente pensa num lugar pra você ficar.

– Relaxa. Ainda tenho casa.

– E por que não foi pra lá? Por que me derrubou da cama às cinco da madrugada e apareceu aqui feito um mendigo?

– Deixei as chaves com a senhoria. Pro caso de não voltar.

– Ao menos ela você avisou, então.

– E mantive o aluguel em dia. Não sou tão maluco.

– Ah. Claro que não, Cristiano. Claro que não.

– A velha é bacana, mas mora no Aldeia do Vale e eu não ia aparecer por lá àquela hora da madrugada pedindo as chaves.
– Peraí. Quando você sumiu, eu liguei pra ela. Ou a Sil ligou, não me lembro. Ela disse que não sabia de você.
– E não sabia mesmo. Só falei pra ela que ia viajar. Não contei pra onde.
– E continuou depositando o aluguel.
– Eu gosto do lugar. É bem localizado – quase disse "e limpo", mas se conteve.
– Você tem noção do quanto é fodido da cabeça?
– Tenho, sim.
– Tem mesmo?
– Tenho. Alguma. Juro.

Paulo largou um meio sorriso, resmungou um palavrão, depois colocou o cigarro na boca, desligou a TV e se levantou. Parecia mais baixo, talvez pela barriga um pouco maior desde a última vez em que se viram. Deixou o controle remoto sobre o braço da poltrona e parou ao lado da mesa. Deu uma última tragada olhando para Cristiano, antes de apagar o cigarro em um cinzeiro que estava ali em cima. Deixara muitas cinzas no chão, junto à poltrona. Cristiano cogitou perguntar por que ele só usava o cinzeiro no momento de apagar os cigarros, mas não disse nada. Olhou ao redor. A sala estava um caos, revistas, jornais, calçados, peças de roupas, alguns brinquedos, uma girafa de pelúcia. O calor tornava a sujeira ainda mais incômoda. Não perguntaria sobre o cinzeiro, mas teve vontade de pedir uma vassoura, dar uma geral no cômodo. Paulo ajeitou a camisa por dentro das calças, o colarinho e os punhos, vestiu o paletó que deixara no encosto de uma cadeira, pegou um molho de chaves e a agenda que estavam sobre a mesa, ao lado do cinzeiro, e deixou o apartamento sem dizer mais nada. Assessor Especial da Secretaria da

Fazenda. Era só o nome do cargo, não significava porcaria nenhuma. Mas ele estava lá dentro, sempre estivera. Não era como Cristiano, um tarefeiro. Fora da folha de pagamento, mas indispensável ao bom funcionamento da máquina. Levar e trazer. Comprar e vender. Trocar. Papéis. Documentos. Folhas manchadas de tinta. Fotografias, certa vez. Não. Duas vezes. Três? O cara que vai ao banco pagar as contas do gigolô da secretária de Educação, que leva a putinha do assessor de imprensa do governador ao dentista, que se enfurna num quartinho de hotel para se encontrar sabe-se lá com quem e comprar ou vender sabe-se lá o quê. Os pacotes trocam de mãos. Tudo para o bom funcionamento do mecanismo. Um serviço, agora. Hoje. Acabei de chegar. Onde foi que você se meteu? Você não quer saber. Precisa de dinheiro? Lava essa cara, um café. Esteja pronto. As próximas eleições. As últimas eleições. Todas as malditas eleições. A mesma coisa, um mesmíssimo processo. Compra e venda. Estou à disposição. Tem um cara te esperando acolá. Você entrega isso pra ele. E depois? E depois nada. Não tem nada depois. *Depois* é sempre sinal de problema. A putinha do assessor colocou aparelho nos dentes. Ia e voltava calada. Um certo medo ou receio ou. Tímida. Como é que ia chupar o fulano com aquele troço na boca? Vou mandar alguém te levar e buscar. Quem? Um amigo nosso. Ao descer do carro, agradeceu. Paulo quem a chamou assim, *putinha*. Tem como levar uma fulana pruma consulta? Quem? Onde? A putinha do assessor X, ela tem que ir ao dentista. Agora eu também faço isso? Paulo sorriu para ele ao responder, agora *eu* também faço isso. As cinzas jogadas no chão. O que eu faço? Podia varrer a sala. Tanta poeira não deve fazer bem à criança. Não deve fazer bem a ninguém. Confundidos com o pó e a cinza. Eu te conheço. Nada de novo. Não tem importância. Cristiano respirou fundo e se perguntou por que Paulo desligara a televisão. Queria saber mais sobre os crimes. O corpo estirado. Mais um. Sobre o concreto. Mulheres. Meninas. À queima-roupa. Por que alguém faria uma coisa dessas? E por que alguém não faria? Também matavam moradores de rua. Não as mesmas pessoas. Ou talvez fossem. A isso chamamos *goianidade*. Apareceu aqui feito um mendigo. Corri algum risco, então? Caminhando desde o estacionamento do teatro até onde Paulo me esperava. Um mendigo. Quantas já foram? E quantos? Meninas. Mendigos. Goiânia, Goiânia. Lavar essa cara, tomar um café, dar um tempo. Encontrar Paulo lá embaixo, no boteco. Na birosca. No estabelecimento dos mais finos. Figuras proeminentes. O serviço é agora. O serviço é o que há.

Os olhos da criança se estreitavam, infensos à luz. Ela os abria para se certificar de onde estava e do que havia para ser feito, e então os fechava. Com o pai também era assim, e em mais de um sentido. Paulo fazia as escolhas certas e se movimentava bem, mas Silvia ainda esperava pelo que de melhor isso lhes proporcionaria. É que, para ele, a questão das aparências se impunha. A gente é o que parece ser, repetia sempre. Daí que o apartamento maior e melhor localizado, comprado sabe-se lá em nome de quem, ainda esperaria um pouco por eles. Os outros achavam isso engraçado. A cautela e o cuidado excessivos. Ninguém está olhando. Qual é o seu problema? Pra que fazer tudo isso, então? Pra que se dar ao trabalho? Paulo encolhia os ombros e não dizia nada, mas, para ela, diante dela, nos últimos meses, voltava os olhos para o bebê, e era tudo. Ir com calma. Não lhes faltava nada. Fugir à regra e evitar o percurso mais ou menos previsível: colunas sociais, caderno de política, páginas policiais. Paulo trabalhava duro. Paulo era discreto. Paulo era confiável. Paulo jamais se deixaria levar. Paulo não era um aloprado.

Mas, e Cristiano?

Silvia esteve primeiro com Cristiano, nada sério. Eles se conheceram na época em que estudavam na então Universidade Católica de Goiás, o rapaz vindo do interior para cursar Direito e a goianiense sujeita à Psicologia. As circunstâncias mais comuns: uma festa no apartamento de alguém, a bebida, a conversa, a carona oferecida por ela (já estavam se beijando na cozinha) e o desvio para o Setor Universitário, para o apartamento em que ele vivia sozinho, na rua 262, um condomínio de prédios baixos que pareciam de brinquedo ou papelão, a poucos metros da Praça da Bíblia. O apartamento era de uma amiga da família, médica em vias de retornar por uns tempos à cidadezinha natal no Rio Grande do Norte para trabalhar com o irmão, então em seu primeiro mandato como prefeito. Segundo suas próprias palavras, ela nutria grandes esperanças por Cristiano, mas a gentileza talvez fosse um reflexo tardio da culpa pela morte da mãe do rapaz, Maria, treze anos antes, vitimada por uma infecção após ter o apêndice retirado. Vivia dizendo para si mesma que as condições no hospital silvaniense não eram as ideais, e que aventara a possibilidade de transferir a enferma para a capital tão logo o quadro se agravara. No entanto, ela sabia que bastava ter ordenado a transferência em vez de apenas sugeri-la. Cristiano e seu pai jamais culparam a médica pelo que acontecera, e ficaram surpresos quando ela ofereceu o apartamento pelo tempo que ele precisasse. Foi até a fazenda numa tarde de domingo, pediu desculpas por aparecer sem avisar, elogiou o casarão bem cuidado, admirou-se do quanto Simone estava crescida, agradeceu a Marta pelo café e pelos biscoitos, a soja se espraiando a perder de vista lá em cima, e disse, pedindo desculpas por se intrometer, que a tia de Cristiano, Glória, irmã da falecida, comentara com ela a respeito da recente aprovação do rapaz no vestibular da Católica, meus parabéns, Direito é um belo curso, meu irmão é advogado e meu caçula quer seguir por esse caminho, e então ofereceu o apartamento, estou voltando para o Nordeste e devo ficar lá por alguns anos, meu irmão está no meio do mandato e precisando de ajuda, política é sempre um troço feio, não é mesmo?, o lugar está à disposição. Cristiano, o pai e a madrasta se entreolharam; Simone se levantou, pedindo licença, disse que ia assistir à TV. Ainda não tinham decidido o que fazer, a ideia era procurar uma república ou quitinete, mas as aulas só começariam para valer depois do Carnaval e deixaram isso para depois, não havia pressa, não estavam preocupados. Lázaro perguntou sobre o valor do aluguel.

– Ora, nada.

– Como assim, nada?

– A gente se conhece faz tanto tempo, não é mesmo? E o apartamento está vago e eu não vou precisar dele pelos próximos dois ou seis anos, a depender do meu irmão ser ou não reeleito – riu, acrescentando que, mesmo que não fosse reeleito, ela voltaria para Silvânia, deixando o apartamento, como sempre fizera, para os finais de semana ou quando, por algum motivo, precisasse pernoitar em Goiânia, e insistiu para que aceitassem a gentileza, preferia deixar alguém que, repetiu, conhecia a vida inteira morando lá a alugar para um estranho ou largar nas mãos de uma imobiliária. – Vocês pagam o condomínio, e pronto.

Agora, enquanto a trepada corria desgovernada noite adentro e eles jogavam conversa fora nos intervalos, Silvia estranhava que Cristiano soubesse tão pouco sobre tudo, inclusive o lugar onde morava (A doutora ofereceu, que mais eu tenho que saber? Mas ofereceu assim, do nada? Não, não foi assim, "do nada". Ela me conhece a vida inteira, conhecia a minha mãe, é amiga do meu pai desde sei lá quando.), a cidade natal (Um buraco dentro de outro buraco dentro de outro buraco, tem que dizer mais?), o curso escolhido (Até o meu avô e o meu pai, que nunca fizeram outra coisa na vida além de tocar a fazenda, estudaram Direito. Sem falar nas porras dos meus primos.) e qualquer outro assunto que surgisse, incluindo as razões pelas quais se aproximara dela, ainda na tal festa, perguntando se estava sozinha.

Silvia, uma moça descolorida e espigada, mais alta do que todo mundo ali, estava sozinha, sim. Vistoriou aquele rapaz branquelo, de cabelos pretos cortados à escovinha, corte que não combinava com o rosto arredondado, camiseta de banda e uma bermuda larga que era só bolsos. Segurava dois copos cheios de vodca com Fanta, um dos quais seria para ela. Os punhos estavam machucados, mas ela não disse nada.

– E essa camiseta, de que banda é? – perguntou, aceitando a bebida.

– Mayhem.

– Não conheço.

Ele explicou que era uma banda metaleira da Noruega, cheia de histórias.

– Como assim "cheia de histórias"?

– Um dos integrantes cortou os pulsos, deu um tiro de espingarda na cabeça e deixou um bilhete pedindo desculpa pela bagunça, pelo sangue todo e por ter atirado dentro de casa.

– Jesusamado.

– E não foi só isso – ele continuou. (Não era a conversa fiada habitual de alguém tentando ganhá-la, o que certamente contribuiu para mantê-la ali, absorta.) – O guitarrista encontrou o corpo e, em vez de chamar a polícia, foi até a loja da esquina, comprou uma máquina fotográfica, voltou, deu uma ajeitada no defunto e registrou a cena.

– Ah, para.

– Juro. Ele também não está mais entre nós.

– Também se matou, aposto.

– Não, mas a história de como ele se foi é tão cheia de bem-aventurança quanto essa que acabei de contar.

– Toda ouvidos.

– Depois. Agora, vou pegar mais bebida.

– Ainda está cheio.

Ele entornou o copo, abriu um sorriso, pediu licença e foi até a mesa onde estavam as garrafas de vodca, cachaça e gim que os convivas trouxeram, montada no meio da sala feito um altar sacrificial. (*Eis o fogo e a lenha, e onde está o cordeiro para o holocausto?*) O estéreo martelava Silverchair. Pessoas espalhadas pelo chão, no tapete ou sobre almofadas. As luzes estavam apagadas, velas acesas por toda parte. O dono do apartamento estava na sacada, fumando e jogando conversa fora. Cristiano não o conhecia, mas cursava algumas matérias com a namorada do sujeito, que, sentada no tapete, lutava para apertar um baseado, entoando:

– *This time I'm for real / My pain can not heal / You will be dead when I'm through.*

Silvia ficou na cozinha, esperando que Cristiano voltasse com os copos cheios. Não se despediram de ninguém ao sair.

Deitados na cama de solteiro dele (jamais dormiria e muito menos treparia na cama de casal, na suíte, por mais que a dona do apartamento estivesse a quase três mil quilômetros dali), ela acariciou os punhos e perguntou o que tinha acontecido. Talvez porque estivessem nus e entregues à modorra pós-coito, ele narrou, como se falasse de uma ida à farmácia para comprar aspirinas, o que fizera naquela tarde, antes de dar com os bagos na festinha em que se conheceram, indo a um conhecido boteco no Setor Oeste para conseguir maconha com um colega de faculdade que sempre estava por ali (quando não marcava ponto na Praça Universitária, claro). O fulano se chamava Marco Aurélio, mas todos o conheciam como Marcuzão, e bebia cerveja com três garotas muito novas e ridentes, todas com uniformes do Ateneu Dom Bosco. Cristiano parou a alguns metros da mesa e acenou. O outro pediu licença às meninas, não vou demorar. Caminharam em silêncio até o carro, um Monza preto empoeiradíssimo, estacionado um quarteirão abaixo, e se acomodaram no banco traseiro feito um casal de veados (palavras de Cristiano). Marcuzão, a despeito do apelido, era um moleque mirrado, de voz fina e braços esquálidos. Estava sempre com roupas de skatista, mas nunca fora visto deslizando por aí com um skate ou sequer próximo de um. Ele fez um comentário desabonador sobre as meninas que deixara no bar, vão me chupar por um baseadinho, quer apostar?, forçou uma risada rouca e alcançou uma pequena bolsa que estava sob o banco do motorista. Quanto você quer, parceiro? Tudo, respondeu Cristiano. E quebrou o nariz do infeliz com uma cotovelada e o esmurrou até que restasse desacordado, imprensado entre os bancos dianteiro e traseiro, no assoalho imundo do carro. Vasculhou os bolsos, pegou o dinheiro que encontrou embolado (trezentos e poucos reais), puxou o infeliz e, antes de dar o fora, levando também a bolsa, é claro, deitou-o de lado para que não morresse engasgado com o sangue que punha pela boca. Silvia fitava o teto enquanto ele falava, pensando que duvidaria se fosse qualquer outra pessoa contando aquilo, exceto Cristiano, talvez pelo tom corriqueiro que imprimia à coisa, um marido cansado falando com a mulher sobre mais uma intriga de repartição. Depois que ele terminou, ficaram um tempo calados, os dois olhando para o mesmo lugar, e então ela perguntou como ele se sentiria se fosse o contrário, se fosse alguém que o roubasse.

– Não tenho nada que ninguém queira.

O tom não era autopiedoso, mas de uma constatação fria, de alguém concluindo algo sobre si mesmo com sobriedade, expressando impessoalmente uma conclusão a que chegara muito antes e sem maiores ou menores complicações. Ela se sentiu mal por Cristiano, pelo traficantezinho que ele surrara, pelos metaleiros noruegueses e, no fim das contas, por si mesma, tanto que desceu até o pau, o gosto do sêmen ejaculado havia pouco misturado com o da própria boceta lhe informando que não estava sozinha sob aquele teto e entre aquelas paredes, não naquele momento, ao menos. Aos dezenove anos, ela apreciava lances dramáticos que depois repassaria mentalmente para concluir que, dadas as circunstâncias, agira da melhor forma possível. Ele não avisou que ia gozar e ela não soube identificar qualquer indício de que estivesse prestes a. Deitou-se de costas outra vez, a porra ainda na boca, um resto de porra, não havia muito que ele gozara da última vez, indecisa entre engolir e correr até o banheiro para cuspir. Eventualmente, engoliu. Jamais faria isso de novo, nem mesmo com Paulo, e não porque tivesse nojo, o gesto estava mais para um modo de presentificar o momento, eternizá-lo pelo que tivesse de único. Se engolisse porra sempre que tivesse oportunidade, o gesto original se esvaziaria e aquela noite estranha acabaria se tornando comum. Ela gostava de pensar na vida como um grande museu em si mesma, uma sucessão de momentos únicos, os quais trabalhava o melhor que podia para conservar como tais.

Ainda se veriam algumas vezes, no mesmo apartamento, o mesmo quarto de solteiro com a cama estreita e a escrivaninha, onde se destacava, entre os livros da faculdade empilhados, uma Bíblia, e depois ela conheceu Paulo, outra festa, outras pessoas, e tudo foi diferente (por exemplo: ao vistoriar Paulo, encontrou os punhos dele intactos), o rapaz de família, a conversa centrada, um desejo real de encontrá-la de novo e de novo e de novo, os sinais de que estavam mesmo juntos, de que formavam um casal, de que eram namorados.

Quando foi (re)apresentada a Cristiano, fingiu que não se conheciam e ele, surpreendentemente, aceitou a encenação. Não haveria quem os desmentisse. Quem se lembrava do que acontecera numa festa qualquer meses antes? E eles não foram mais vistos juntos, Silvia sempre trilhando para o apartamento de Cristiano e dali não saindo. Na quinta e derradeira visita, cansada da inércia afetiva do outro, ela disse que talvez fosse melhor não se verem mais (estava se vestindo, de costas para ele, fitando a parede branca), e ele (estendido na cama, a mão direita acariciando a barriga), você é quem sabe. Três meses depois, quando já estava com Paulo havia um e meio, ouviu dele que sairiam para beber com um amigo, na verdade, ele já está esperando a gente ali na Dez. Paulo volta e meia falava de Cristiano, você precisa conhecer esse maluco, mas ela não ligara o nome ao parceiro anterior simplesmente porque seria óbvio demais. Um beberrão briguento, maconheiro, vindo do interior? Devia ser outra pessoa. Estavam em Goiânia, afinal. Mas, quando adentraram o boteco e se aproximaram da mesa à qual Cristiano, acompanhado de uma moça que apresentaria como sendo uma amiga de infância, virava uma dose de cachaça, Silvia sentiu uma vontade nervosa de gargalhar e disse para si mesma:

– Mas é claro.

Contudo, em momento algum ele deu mostras de que se lembrava dela, tanto que, dias depois, quando teve a oportunidade, perguntou se ele de fato se esquecera ou o quê. Cristiano, sorriso aberto, retrucou que, dadas as circunstâncias, não havia razão para que Paulo soubesse de porra (ela engoliu em seco) nenhuma, não é mesmo?

– Você e ele estão aí numa boa, e isso eu saquei logo que entraram no bar, quando a gente foi *apresentado*, e, além disso, o que rolou entre nós dois não vingou. Pra que encher a cabeça do meu amigo com notícia de vidas passadas? Até porque eu nem acredito nisso de vidas passadas. Caralho, eu tenho dificuldade pra acreditar *nesta* vida.

Ela riu ao ouvi-lo dizer essas coisas e se afeiçoou como jamais teria acontecido acaso trepassem mais vezes.

– Você é imprevisível, né?

Sim. Cristiano era tão capaz de uma gentileza daquelas (e era uma gentileza, não?) quanto de espancar e roubar um traficante mixuruca no banco traseiro de um Monza. Estavam, de novo, no mesmíssimo bar, só os dois, ela viera direto da faculdade e Paulo continuava preso por lá, em alguma reunião político-estudantil. Ela perguntou a Cristiano sobre o lance com o traficante, não sofrera nenhuma represália, ninguém viera cobrar o que ele roubara, dar o troco, nada aconteceu?, essas coisas não costumam acabar bem. Ele respondeu que só voltara a ver o rapaz semanas após o acontecido, passando drogas numa festinha do pessoal da Fisio; ao se ver diante de Cristiano, fingira não se lembrar dele, ou talvez não se lembrasse mesmo, bêbado e louco, a tremenda surra no banco traseiro do próprio carro, quem fez isso com você?, eu não sei, eu não lembro, Cristiano se aproximou, comprou o que queria, pagou, agradeceu, e foi tudo.

– Acho que você teve sorte – disse Silvia. Ele sorriu, encolhendo os ombros outra vez. – E a sua amiga de infância da outra noite? Que foi feito dela? Voltou pro interior?

Era uma baixinha de cabelos curtos que fumava e fumava sem dizer palavra, acompanhando o parceiro em todas as doses de cachaça que ele entornava, sem pestanejar.

– Bem, você sabe o que dizem sobre a infância.
– Não, eu não sei. O que é que dizem?

Mas ele ficou em silêncio, limitando-se a procurar o garçom com os olhos, um sorriso surgindo aos poucos.

– Porra, Cristiano, o que é que dizem sobre a infância?

Onze anos depois, sentada à mesa da cozinha, Silvia ouvia as vozes abafadas de Paulo e Cristiano se arrastando desde a sala enquanto amamentava o pequeno Saulo. Tentava distinguir o que diziam, mas não conseguia, não de todo. Não se lembrava o que Cristiano afinal lhe respondera então, enquanto esperavam por Paulo naquele boteco próximo à Catedral e que havia muito deixara de existir, o mais provável era que ele não tivesse dito porra nenhuma, da mesma forma como não lhe contara sobre o outro metaleiro, como é que ele morreu?

De pé às seis e pouco, ela dera com o corpo emagrecido, estendido no sofá, a mochila a um canto. Paulo viera à cozinha logo depois e, sem dizer nada, beijara-a e ao filho, que, empoleirado na cadeirinha, enfileirava uma sequência monocórdia de sons rechonchudos.

– Não joga cinza no tapete, porra! A mesma merda, todo santo dia! A faxineira só vem depois de amanhã.

Mas alguma coisa sempre acontecia quando Paulo fumava os três primeiros cigarros do dia, os olhos fixos no telejornal e a aparente incapacidade de se lembrar da existência de algo tão simples quanto o maldito cinzeiro.

Silvia ouviu a porta sendo destrancada, alguém deixando o apartamento, e depois os passos pelo corredor até o banheiro, a meio caminho da cozinha, o mijo, a descarga, a torneira da pia, as mãos sendo lavadas (os punhos estariam machucados?), escovando os dentes, enxaguando o rosto, voltando à sala para guardar a escova de dentes na mochila. Quando Cristiano afinal apareceu na entrada da cozinha, a despeito da barba feita havia poucas horas, as olheiras, a magreza e as roupas amarrotadas diziam se tratar de alguém criteriosamente mastigado pela estrada.

– Você está vivo.

– Eu estou vivo.

– Os vivos tomam café da manhã.

– Menos o Paulo.

– Menos o Paulo.

Ele se aproximou e lhe deu um beijo na testa, depois puxou uma cadeira e se sentou. O bebê mexia os braços, risonho. Segurava um chocalho azul e amarelo. Sobre a mesa, além de pacotes de torradas e bolachas, uma fatia de melão e algumas uvas re-

cém-lavadas. Ela apontou a garrafa térmica com o nariz. Cristiano se serviu de café.
— Você cortou os cabelos.
Ela sorriu. — Eu cortei os cabelos. Você gostou?
Estavam bem curtos agora, o aloirado artificial deixando-a mais pálida do que sempre fora.
— Gostei, claro — mentiu.
Na cadeirinha, o bebê engrolou algo e deitou uma bela quantidade de baba até o queixo. Ela o limpou. — Você perdeu tudo — disse.
Ele deixou que a frase flutuasse diante deles, sobre a mesa, uma vez que parecia dizer muito mais do que Silvia tencionava ao soltá-la. Você perdeu tudo.
— Perdi, não perdi?
— Nascimento, batizado. Tudo.
— Foi mal.
— E por onde foi que você andou? — O tom saiu errado, muito próximo de uma inquirição materna. Ele abriu um sorriso entre um gole e outro de café. Ela tentou consertar: — A gente... eu fiquei preocupada.
— Eu sei. Precisava dar um tempo. Sabe como é.
O bebê riu alto.
— Na verdade, acho que não sei, não. — O tom errado outra vez, agora soando como uma esposa ciumenta. Não tentou consertar dessa vez: — Mas você pode tentar me dizer, se quiser.
Era verdade. Ele podia. — Ele nasceu logo depois que eu?...
— Acho que uns dez dias depois.
Ele balançou a cabeça de um jeito pesaroso, como se agradecesse e se desculpasse ao mesmo tempo, depois ficou olhando para o fundo da caneca. Silvia também se serviu de café.
— Andei me lembrando de umas coisas.
O bebê voltou a rir.

— Que coisas?

— Você nunca me contou o que aconteceu com o outro metaleiro.

Cristiano levantou os olhos, surpreso. Não era necessário que ela contextualizasse nada. Ele se lembrava, é claro que se lembrava. — Não ouço mais metal.

— O que você ouve?

— Nada.

— Mas você pode me dizer o que aconteceu com o outro cara, não pode? O sujeito que tirou as fotos do suicida.

— Posso, claro.

— Então?

— Foi assassinado por outro músico. Se não me falha a memória, levou vinte e três facadas.

— Nossa. E por quê?

— O cara encrespou que o coleguinha planejava pegar ele, torturar e matar, registrando a coisa toda em vídeo.

— E planejava?

— Acho que não. Sei lá. Sei que eles tinham acabado de gravar um disco. Os pais do morto pediram pra retirar a participação do assassino, alguém prometeu que ia fazer isso, mas parece que não mudaram nada. Deve ser o único disco em que o assassino e a vítima tocam juntos.

Unidos ali pela eternidade, ele pensou.

— E o disco é bom?

— Eu achava o melhor deles.

— E por que você não ouve mais?

— Metal?

— Qualquer coisa. Você disse que não ouve mais nada.

Ele não sabia o motivo. — Acho que perdi o interesse. Acontece, né?

– Acho que sim.

Vinte e três facadas. Ficou imaginando como soaria o tal disco. E os discos seguintes, acaso houvesse, com toda essa carga. Qual era mesmo o nome da banda? Não se lembrava. Não quis perguntar. Onze anos. Era normal que tivesse esquecido. Observou Cristiano alcançar um pacote de bolachas. Os punhos intactos. Isso já não significava nada. Perder o interesse, claro. Ela perdera, pela psicologia. Formada, jamais trabalhou. Um consultório acarpetado, móveis de couro, uma estante com livros, sentada ali na poltrona, pronta para ouvir, ouvindo, pontuando: nada disso.

Mas, e Cristiano?

– Você precisa tomar jeito. – O tom errado outra vez? Foda-se. – Se quiser, o Paulo te arruma uma coisa certa. Fixa. Você sabe que ele arruma. É só pedir.

– É que eu nunca quis nada assim "certo".

– Mas talvez precise agora.

– E não acho que tenha nada "certo" nesse ramo.

– Você é formado.

– Ah, vai. Esse diploma não quer dizer nada. Aliás, diploma, qualquer diploma, não quer dizer bosta nenhuma. Não aqui. E Direito é o segundo curso mais inútil que existe.

– E qual é o primeiro?

– Jornalismo, uai.

Ela sorriu. Por um instante, pensou que ele fosse dizer Psicologia. Mas talvez Psicologia fosse o terceiro. Sim, provavelmente era. Tentou voltar ao assunto: – Eles te devem muito. Você fez tudo o que os caras pediram, esses anos todos.

– E fui pago por isso. Muito bem pago. Os homens lá não me devem nada.

– Mas você não tinha nada que se meter nesses servicinhos de merda. Não mais.

Levantou os olhos, encontrou os dela. – Ele comentou contigo?
– Não precisou. Mas é o que vai rolar, não? Vocês dois de conversinha ali na sala.
– É, sim. Vai ser bom. Os servicinhos de merda pagam bem. E eu estou precisando.
– Também pagam bem pelo outro tipo de coisa. A coisa mais certa, mais tranquila. Fixa.
– Você consegue me imaginar vestido como o Paulo, sentado num escritório, numa repartição, numa dessas secretarias, jogando conversa fora com algum pica grossa? Assessor de não sei o quê? Aspone de não sei quem? Comissionado ou coisa parecida? Não dou conta disso, não. Não tenho saco, nem estômago.
– Você tem estômago pra coisa bem pior. Sempre teve.
O bebê começou a chorar e a espernear na cadeirinha. Silvia estendeu os braços e o trouxe para o colo. Não adiantou. O choro pareceu aumentar. Ela se levantou e passou a caminhar lentamente, de um lado para outro, à frente da pia. Saulo se acalmou aos poucos.
– Vocês demoraram um bocado, né? – Cristiano perguntou, olhando para o bebê.
– A gente não demorou. Eu quis esperar.
– Entendi – amassou a boca do pacote de bolachas e o empurrou para o meio da mesa. Ela não era feia. Esguia. O mesmo corpo de jogadora de vôlei. Mais alta do que Paulo. A camiseta manchada na altura do mamilo direito, inchado. No rosto, a expressão de uma pessoa criteriosamente mastigada pela maternidade. – Vocês vão ficar bem.
Ela sorriu. Vamos, não vamos? Vamos, sim. É claro que vamos. – Você não comeu nada.
– Eu sei. Meio enjoado. Sempre que durmo pouco, fico assim.
Sempre que enche a cara, ela pensou. – Tem iogurte na geladeira. E leite.

– Não, pode deixar.

A expressão dele, tão amarrotada quanto as roupas. – O Paulo tem umas roupas que não usa mais. Usadas, mas inteiras. Estão lá no quarto de hóspedes. Assim que a minha mãe acordar, pego algumas pra você.

– Não precisa. Vou passar em casa mais tarde.

– Sem essa. Suas roupas estão guardadas desde quando? Devem ter mofado.

– É possível.

– Você aí todo amarrotado.

– Mofado. Acho que mofei.

Saulo resmungou um pouco, mas não reiniciou o choro.

– Você parece um foragido – disse Silvia.

O prédio cuspiu o foragido. Mãos nos bolsos, ele parou no meio da calçada da Anhanguera, a imagem de alguém que espera por outra pessoa, quando, na verdade, era Paulo quem o aguardava no local combinado, a poucos metros dali. O calor vinha por baixo e subia pelas pernas, tronco, cabeça, como se brotasse do concreto e ascendesse ao creosoto celeste feito uma boa-nova – provavelmente a derradeira. Cristiano permaneceu ali por um tempo, ignorado pelo fluxo intenso de pedestres: velhas gordas ofegantes carregando sacolas, universitárias de cabelos amarrados, as raízes denunciando o tingimento, abraçadas aos livros, cansados homens de meia-idade com canetas Bic encaixadas nos bolsos das camisas, moleques de rua recendendo a cola de sapateiro, zumbindo esfarrapados lá e cá, sacos de papel metidos nas fuças. Um grupo de estudantes enxameou ao redor dele, oito ou nove garotos e garotas cabulando aula, rumo ao ponto na Tocantins onde pegariam o ônibus para o Flamboyant. Falavam alto e ao mesmo tempo sobre o filme que veriam no shopping. Formavam um só organismo, uma massa uniformizada e ridente de insetos deslizando pela imunda epiderme urbana. Até as vozes soavam iguais. Esperou que eles virassem à direita e desaparecessem Tocantins acima para, enfim, colocar-se em movimento, mas, dobrando um pouco antes, cruzou a ruela que também servia como estacionamento para o teatro, na verdade a nascente da rua Vinte e Três. Vários carros estavam parados ali, incluindo o seu, um Gol 99 azul-escuro; os pneus gastos causariam problemas numa blitz. À direita, um enorme prédio de apartamentos; à esquerda, o boteco escondia-se atrás de uma árvore, duas portas, apenas uma delas aberta, cartazes pregados na parede, shows e peças, alguns rasgados, arrancados pela metade.

Paulo estava sentado a uma mesa lá dentro, olhando para fora. Cristiano estacou à porta, um pistoleiro recém-chegado estudando o *saloon*. Procura-se. Vivo ou.

– Gostei da camisa.
– A Silvia insistiu.
– Eu sei que sim.
– E que porra é essa? – Um CD player esquecido num extremo do balcão atirava, por duas caixas dependuradas ali como malfeitores enforcados, uma canção dos Doors. – Não ouço essa merda desde o terceiro ano.
– Da faculdade?
– Não, meu jovem. – Cristiano entrou, puxou uma cadeira. – Do colegial.

Sentou-se, também voltado para a rua. Deixou a mochila no chão. Era a única mesa armada no recinto, as outras dobradas e enfileiradas junto à parede do fundo, uma dezena delas, melancólicas. Uma garrafa de água mineral de um litro e meio transpirava sobre o corpo ferruginoso onde ainda era possível ler B AH A. *We could be so good together* deu lugar a *Yes, the river knows*. Havia uma lâmpada acesa em algum lugar, mas as paredes tingidas de um vermelho uterinamente tenebroso não colaboravam para tornar o ambiente menos escuro. A luz entrava pela porta aberta, mas de um modo difuso, como se, tímida demais, quisesse passar despercebida. E o sol escancarado lá fora. Talvez se abrissem a outra porta. Cristiano olhou para trás, procurando pela dona ou por alguém a quem pedir que.

– A gente está sozinho aqui. A dona Gaga foi ao banco, e depois ia passar no mercado, acho.

– Pensei que eles servissem almoço.
– Já serviram. Não servem mais. O boteco vai sumir.
– Falindo?
– Não. Vão demolir. Sabe aquele projeto da Vila Cultural?
– Ah, sim. Vai ser aqui.
– Aqui e ao redor.
– Mas ouvi dizer que entrou areia.
– Entrou, por enquanto. Mas vai sair. Cedo ou tarde, lá pra 2012 ou 2013. De um jeito ou de outro.

Demolição. Teto arrancado, paredes abaixo. A luz afinal incidindo ali. Por todos os lados. Por um tempo, ao menos. *Por pouco tempo a luz está entre vós. Caminhai enquanto tendes luz, para que as trevas não vos apreendam.* Esqueceu-se do restante do versículo. Era São João. O predileto da irmã Luzia. Talvez fosse: *quem caminha nas trevas não sabe para onde vai.* Sim, era isso. Palavras ditas no escuro para uma hora mais clara, direcionadas a. Palavras cavernosas. Os corredores lúgubres do Instituto Auxiliadora, tão mais nítidos em sua memória que os do outro colégio e mesmo que os da universidade. O modo como as vozes flutuavam ali dentro, sobretudo nas salas mais próximas à capela. Gostava das aulas de ensino religioso porque o que se dizia parecia mais adequado ao ambiente. Não Geografia ou História ou Matemática, mas a Palavra. Irmã Luzia pedia aos alunos que fizessem um círculo e lia com eles uma passagem escolhida ao acaso ou que ela fazia parecer assim, o mais provável era que escolhesse antes. Então, conversavam a respeito. O que isso significa? O que Ele está nos dizendo? O que isso traz para as nossas vidas? Vamos, quero ouvir vocês. Cristiano não participava, não prestava atenção às conversas. Seguia lendo. Palavras cavernosas, de um vazio único, tortuoso, reverberando. Elas o impressionavam. Ainda hoje, sim. Reverberando tanto tempo, tantos anos, quase duas décadas depois.

— Aqui e ao redor — repetiu as palavras de Paulo, mas parecia se referir a outra coisa.

Five to one começou. Aquilo era verdade. *No one here gets out alive.* Paulo tomou um gole d'água diretamente da garrafa.

— Tenho uma teoria sobre os Doors — disse, limpando a boca com a manga da camisa.

— Sobre Deus? — perguntou Cristiano, distraído.

Paulo tinha teorias sobre tudo. Um vício adquirido pelos botecos, nos tempos da faculdade. As pessoas precisavam teorizar sobre toda e qualquer coisa. As pessoas não podiam calar a boca.

— Não, porra. Sobre os Doors.

— Que eles eram uma banda de merda.

— Aí é que está: eles não eram uma banda de merda.

— Ah, não?

— Não mesmo. Mas foi criada essa aura em torno deles. E sabe por quê? Sabe?

— Diz aí.

— Por causa do tipo de fulano que, em geral, ouve o som que eles fizeram. Sobretudo nos *campi*.

— Em geral?

— Se você é calouro numa universidade, tem um mínimo de bom senso e começa a prestar atenção no modo como a fauna se divide, é natural que crie um certo distanciamento ou mesmo ojeriza em relação a determinados espécimes e, consequentemente, ao que esses espécimes ouvem. Pense nos espécimes que ouviam os Doors lá na Católica. Tente se lembrar deles. O que você vê?

— Anarquistas de boteco. Comunistas de Catalão. Socialistas do Jardim América. Trotskistas de Iporá. Falando de Kerouac, falando de Cuba. Falando, falando, falando. Falando sem parar.

— Exato.
— Mas eles sempre tinham maconha. E as meninas eram bem gostosas.
— Algumas. Mas, fosse como fosse, essa galera ouvia os Doors. Doors, Pink Floyd.
— Raul. Não esquece do Raul.
— Verdade. Eles ouviam tudo isso. Quase o tempo inteiro.
— E daí?
— E daí que a gente via aquilo, a pose, a conversa fiada, a encheção de saco, e meio que rejeitava a coisa toda.
— Incluindo o som.
— Incluindo o som.
— E o som é legal?
— O som é legal. A banda não tem culpa dos cretinos que gostam dela.
— Alguma culpa tem, vai.
— Tá, um pouco. Mas, insisto, o som é legal.
— Eu sei. Já ouvi muito.
— No terceirão.
— Um pouco antes. Eu e uns colegas. A gente era um pontinho no grande oceano de merda silvaniense, uma ilhazinha roqueira cercada de música sertaneja por todos os lados.
— E axé.
— A gente se achava especial. Diferente.
— Vocês eram especiais. Vocês eram diferentes.
— Não sei o que foi feito daqueles caras.
— Dos coleguinhas?
— Vim pra cá fazer faculdade e a gente acabou se distanciando. Acontece, acho.
— É. Acontece.
— Melhor assim.

– Melhor assim?

– Eles eram uns babacas.

Paulo jogou a cabeça para trás e gargalhou. Eles eram uns babacas. O pontinho no grande oceano de merda silvaniense. Uns babacas. A ilhazinha roqueira cercada de música sertaneja (e axé) por todos os lados. Quem diria? Cristiano olhava para a nesga de rua que entrevia pela única porta aberta, sisudo. Babacas. Um Fiat Palio parou ali na frente, bem no meio da rua. Branco. O motorista pediu informação a um pedestre. O reflexo do sol na lataria fez com que Cristiano fechasse os olhos e virasse ligeiramente o rosto. *Caminhai enquanto tendes luz*. Paulo respirou fundo. Ai, ai. Lacrimejava.

– Mas, diz aí. Não para agora. Por que eles eram uns babacas?

– Ah, você sabe – os olhos ainda fechados. A luz. *Levanta, entra na cidade; alguém te dirá o que deves fazer*. Ouviu o motorista agradecer, depois acelerar o carro. Abriu os olhos. – *Homo goianus*.

– *Homo brasiliens*. Não seja provinciano.

– Só falo do que eu conheço.

– Mas não ouviam rock'n'roll?

– E daí que eles ouviam rock'n'roll? Isso não tem nada a ver. Meu avô ouvia Bach e era um grande filho da puta, traçava as filhinhas dos peões, meninas de 13,14 anos, quase se estrepou feio numa dessas. Devia ter se estrepado, aliás. Escapou por pouco. Só levou uns sopapos do pai da menina.

– Você nunca me contou essa história.

– Você sabe qual era o apelido do meu avô, né?

– Seu pai me contou quando a gente foi lá daquela vez.

– Chico Boa Foda. E ele tinha ascendência, porque o pai dele, meu bisavô, era o seu Zé Coisa Boa.

– Zé Coisa Boa?

– Zé Buceta. Com "u".

– Que bonito.

– Não rolava sair dizendo Zé Buceta no meio da rua, na feira, na fila do banco, na porta da igreja. Daí o povo inventou esse... eufemismo?

– Mas que história é essa do seu Chico quase se estrepando?

– Outro dia eu conto.

– Vou cobrar.

– Velho maluco. Mas nem era dele que eu falava.

– Os coleguinhas. Rock'n'roll.

– Ah. Pois é. Os coleguinhas, como eu vinha dizendo, eles curtiam rock'n'roll, alguns eram até bem informados, dava pra conversar com os caras sobre uma coisa ou outra.

– Aposto que dava.

– Mas, por exemplo, quando o assunto eram as namoradas, nossa, esses caras tratavam as meninas de um jeito tão porco quanto qualquer boçal que passa a vida comendo bosta de vaca, esperando ansioso pela próxima Festa do Peão e tunando o utilitário que ganhou do papai pra ouvir esse lixo que celebra a cornitude.

Paulo gargalhou outra vez. Olhando para ele, Cristiano concedeu um sorriso. Era bom se referir assim aos outros, ao lugar de onde viera, às pessoas com quem crescera. Era bom verbalizar a distância, torná-la presente, justificá-la por meio da raiva. Tudo é distância. E tudo é raiva. Ademais, estava sendo sincero. Talvez o que dizia não fosse correto ou bom, ele pensou, mas não havia insinceridade ali. O lugar de onde viera. As pessoas com quem convivera. Toda aquela violência.

– Eram uns babacas – continuou. – Viviam se metendo em briga. Sério mesmo. Serestas, bailes, festas juninas, onde quer que fossem. Alguém olhava torto, ou nem isso, e lá estavam os caras rolando no chão. E era briga feia. Me dava uma preguiça desgraçada. Numa dessas, quase mataram um coitado.

– Essa você vai me contar.

Cristiano não presenciou a porradaria, mas a história foi contada e repetida muitas vezes nos anos seguintes. – Dois contra um na praça principal da cidade. Praça do Rosário. Domingo à noite, aquele deserto, eles se estranharam no único boteco aberto por ali. O sujeito esperou lá fora, na praça, com uma pá. Sozinho. Atrás de uma árvore, perto do carro de um deles.

– Como assim? Onde é que ele foi arranjar uma pá?

– Sei lá. Deve ter ido buscar em casa.

– "Vó, onde é que a senhora guardou aquela pá?"

– Você consegue imaginar a praça de uma cidade daquele tamanho às duas da manhã de uma segunda-feira?

– O pior é que eu consigo.

– Não tem nada lá.

– E o cara foi em casa buscar uma pá.

– Eu não sei, não faço ideia de onde foi que ele arrumou a porcaria da pá. Estou presumindo, caralho.

– Não tinha nada mais à mão? Um tijolo, umas garrafas?

– Como é que eu vou saber? Sei que os outros dois saíram do boteco, se despediram, tinham estacionado os carros em lados opostos da praça. O sujeito contornou a árvore e acertou um deles antes que entrasse no carro, a porta já aberta. Nas costas. Mau negócio. Péssimo negócio. O outro veio correndo. O sujeito largou a pá e tentou fugir.

– Como assim?!

– Pois é. Não sei o que ele estava pensando.

– Porra, que imbecil.

– Sei que ele atravessou a praça correndo. Foi alcançado, claro. A três metros da porta da prefeitura. Moeram o infeliz. Chutes na cara, nas costelas, nos bagos, onde clareasse.

Sempre que repetiam a história, Cristiano perguntava a razão da briga. Ninguém sabia dizer. Ele insistia, pensava que estivessem brincando. O cara foi atrás de vocês com uma pá. Por que ele fez uma coisa dessas? Ah, cala a boca, que diferença faz? Ilhazinha roqueira.

– Mas, nos velhos tempos, você era chegado nisso também.
– Nisso o quê?
– Não foi você que estourou aquele moleque aqui perto?
– Não é a mesma coisa.
– Eu me lembro de você contando. Um moleque. Marcuzão. Passava umas coisinhas aqui e ali. Não quero te sacanear, mas não vejo muita diferença entre se meter numa situação em que um infeliz acaba te agredindo com uma pá e quebrar a cara de um coitado por causa de uma ninharia. Não é tudo a mesma bosta?

Talvez fosse, talvez não. – Pode ser. Talvez eu seja tão babaca quanto os outros. Mas, se for o caso, eu pelo menos tenho consciência da minha babaquice.

– Tem o caralho – Paulo riu mais um pouco. Depois, balançou a cabeça afirmativa e vagarosamente. A mesma bosta. – Você já matou alguém, meu?

Não houve resposta. A rua lá fora. O sol momentaneamente encoberto. O asfalto parecia suspirar. Os dois voltaram a olhar para o intervalo sombreado, a calçada, a rua, o prédio defronte. Então, a claridade refloresceu surdamente e com tamanha intensidade que os dois homens fecharam os olhos por alguns segundos.

– Não estou te julgando ou coisa parecida. Ninguém aqui é criança. É o velho lance da confiança. Tenho que saber se ainda posso confiar em você. Só isso.

Os olhos se reacostumando à luz. Ninguém aqui é criança.

– Não é isso que você quer saber. Você quer saber outra coisa.
– Não posso arcar com outra fuga sua.

– Eu não fugi.

– Você sumiu. Isso deixa os fulanos nervosos. Ficam pensando em você. Pensando e falando. Será que ele é uma ponta solta? Será que é um vacilão? Será que é um aloprado? E eu sou a porra do avalista. Não posso arcar com outro sumiço seu. Entende isso? Não agora.

– Por que não agora?

– Porque não.

– Por quê? O que ele vai fazer?

– Ele quem?

– O homem, uai. O reizinho.

– Vai concorrer ao Senado. Pensei que soubesse. Quatro anos na Câmara, dois na Prefeitura, oito no Governo. O reizinho quer seguir viagem. O reizinho está com fome.

– Acho que ele ganha fácil.

– Também acho. Se não tiver ponta solta.

Quem amarra as pontas soltas? Cristiano respirou fundo. Quem amarra as pontas soltas? Ora, outras pontas soltas.

– Não sou ponta solta. Não sou nada. Levo e trago não me interessa o quê. Anos e anos. Nada. Diferente de você ou desses fulanos aí. Você é alguém. Você está lá dentro. Tem a porra de um cargo. Nomezinho no *Diário Oficial*. Essas merdas. Responde aos outros. E tem meia dúzia que responde a você. Eu, não. Não sou nada. Merda nenhuma.

– Exatamente. Eu estou lá dentro. Você está aqui fora. Eu estou lá dentro e você é um nada muito próximo de mim. Próximo demais.

Cristiano sorriu, concordando com a cabeça. Não se sentiu ofendido. As coisas eram o que eram.

– E eu podia estar lá dentro. Oportunidade não faltou, sobretudo lá atrás, a gente ainda nem tinha se formado. Você se lembra.

Você sabe. Eu só achei que não fosse me sentir bem. O ar vai ficando rarefeito, não é assim? E eu não sou como você. Saquei isso logo de cara. Não me arrependo de coisa nenhuma. Não me sinto passado pra trás. Você não me deve nada. Ninguém me deve nada.
– Eu sei que não.
– E não me incomoda ser um leva e traz.
– Sério? Isso não te deixa grilado? Com raiva?
– A raiva que eu sinto não tem nada a ver com isso.
– E tem a ver com o quê?
A boca entreaberta, a palavra que não veio, não subiu desde a garganta. Um som indefinido.
Tem a ver com o quê? Esperou um pouco.
– Não vou foder com você, beleza? Posso até foder com algum cretino, com meia dúzia de cretinos, mas não contigo. Se eu fizer alguma merda, lido com ela eu mesmo.
O sol novamente encoberto. Um leva e traz. Foi a vez de Paulo respirar fundo. Um nada muito próximo de mim.
– E por que você faria merda, Cristiano? Pra que ia foder com meia dúzia de cretinos?
Ele não sabia. Levantou-se e foi até a porta. O ensaio de uma fuga, outra. O pistoleiro novamente à entrada, agora de costas para o *saloon*. O Gol estacionado a poucos metros dali. Enlameado. A raiva que eu sinto. A sensação de sufocamento crescera no decorrer dos anos. Não o incomodava ser um tarefeiro, um leva e traz a serviço dos aspones do reizinho, e a ausência de incômodo era fruto de uma gratuidade essencial: ele nunca quis ser nada em particular, talvez pensando que, em um dado momento, algo aconteceria e a vontade de fazer alguma coisa, qualquer coisa, surgiria. Mas nada acontecera. Nada surgira. Agora, aos 29 anos de idade, as costas viradas para o boteco esvaziado, ele se via brutalizado pela inutilidade a que se resumia sua existência. Não era nada. Não havia nada que quisesse ser.

– Acho mesmo que o reizinho ganha fácil – disse, sem se virar. Precisava dizer alguma coisa. Qualquer coisa. – Os outros caras são uma piada. Ele é alto, bonitão, boa-praça. E também é cheirador e puteirão, coisa que agrada aos babacas em geral. E o que mais tem em Goiás é babaca. Ele tem muito voto.
– Que lindo.
– Não é?
– Nossa, demais. Tenho que me lembrar de jogar tudo isso na propaganda eleitoral.
– Não esquece dos babacas.
– Nem a pau. É o mais importante. Aliás, você gosta dessa palavrinha, né?
– Ele não é casado. Andar com a mulherada afasta qualquer suspeita de viadagem.
– Ah. Isso seria imperdoável.
– E ele teve sorte.
– Como assim?
– Conseguiu se eleger governador, apesar de tudo. Porque ele era muito louco quando estava na Prefeitura.
– Aquela foi uma eleição apertada.
– As pessoas podem dizer o que quiserem, e a maior parte do que disserem em relação a esse tipo de coisa será verdade, mas o fato é que ele nunca foi fotografado de calças arriadas, metendo por trás na mulher de algum vereador, em pleno gabinete, com meio secretariado esperando na recepção (coisa que, aliás, aconteceu, né?), ou com as fuças assim branquinhas, trincadão.
– E ninguém morreu.

Ninguém tinha morrido. Isso era o mais importante. Sem acidentes, sem desastres. Nenhum carro jogado contra uma árvore da Praça Tamandaré ou capotado à beira de uma rodovia, o corpo desmembrado de uma piranha que fora lançada através do para-brisa, noite afora. Sem overdoses. Nada. Muita sorte.

Cristiano voltou a se sentar. O sol lá fora seguia encoberto. A música tinha parado havia algum tempo. Como se percebesse isso só agora, Paulo se levantou, foi até o CD player e "Hello, I love you" começou a tocar. Quando voltou à mesa, um pouco depois, trazia uma Coca-Cola média e dois copos americanos. Empurrou um deles na direção de Cristiano e o serviu. Em seguida, deixou-se cair na cadeira. O som ferruginoso do copo ao deslizar sobre a mesa. Queria ouvi-lo de novo. A trilha sonora perfeita para o que conversavam. Música de fundo. Cristiano tomou um gole, repôs o copo sobre o tampo e desenhou um círculo com ele. O que o homem faz. O som do vidro contra o metal, contra a ferrugem. Desfez o círculo com outro, na direção contrária. Horário, anti-horário. Direita, esquerda. O mesmo som ferruginoso.

– Quando é que vai me passar as coordenadas? Pensei que o serviço era pra hoje.

– E é.

Um grosso envelope amarrado feito uma pamonha foi colocado sobre a mesa. Não estava com Paulo antes. Ligar o som, pegar um refrigerante. Guardava dinheiro no freezer do boteco? O bolso interno do paletó permaneceu boquiaberto por um instante. Cristiano pegou o envelope, mas não sabia onde guardá-lo. Não caberia no bolso da calça. Enfiou-o na mochila. Tomou mais um gole.

– Tem oitenta mil aí.

Paulo explicou o que Cristiano deveria fazer, para onde ir, com quem se encontraria, como proceder, como ter certeza, tudo passado e repassado.

– É um otário qualquer, e é por isso que a gente precisa ter cuidado. Funcionário da Câmara. Trabalhou com alguém que nos interessa quando esse alguém era vereador em Anápolis. Com ele, perto dele. Bem perto. A merda voa.

– Eu vou lá comprar papelada?
– Você vai lá comprar papelada.
– O que você acha?
– Eu acho que vale a pena.
– Sério?
– Sério. Por quê?
– Sei lá, acho que o homem não precisa disso. Não para essas eleições. Não pro ano que vem. Acho que não.
– Você acha? Eu não sei.
– Quem são os adversários dele? Não sobrou ninguém.

Paulo sorriu, meio enfadado. Tomou um gole de refrigerante.

– Mas é que não se trata de um adversário.
– Como?
– Você, meu caro, vai até a aprazível cidade de Anápolis entregar oitenta mil reais em espécie a um otário que, em troca, vai te dar um dossiê. E esse dossiê não é sobre um adversário nosso, o que talvez fosse o esperado, o feijão com arroz que mantém a gente teso na brincadeira, mas não, o dossiê não é sobre um adversário, um inimigo, um desafeto, o dossiê é sobre um aliado nosso, e um aliado dos mais próximos, dos mais queridos, dos mais leais, dos mais fofos, do círculo mais íntimo, padrinho da filha do vice-governador, parte da família mesmo. Sacou?

O monstro se alimenta de si mesmo, pensou Cristiano, meia hora depois, dirigindo pela BR-153. E ele não para de crescer. A intenção era voltar até o início da noite, se tanto, reencontrar Paulo no boteco, entregar a encomenda, receber pelo serviço e ir ao Aldeia do Vale pegar as chaves de casa com a senhoria. Poderia tê-las mantido consigo ao viajar, meses antes, mas o retorno lhe parecera uma possibilidade remota e ele não quisera ter à mão o signo de algo pelo que não ansiava. Mas estava de volta. Não estava? Pegaria as chaves, entraria em casa e, estirado na cama, dormiria por doze horas, doze dias, doze semanas, por que não doze anos? Quando acordasse, se acordasse, decidiria o que fazer da vida. Era esse o plano, e ele lhe parecia bem simples e factível.

Simples demais, na verdade.

Em todo caso, estava de volta. Não sentira saudades enquanto esteve fora. Não sentira falta da rotina ou sequer do ambiente, a casa de fundos na rua 215, na Vila Nova, onde vivia desde que se formara. Combinara tudo com a senhoria, e pagava também pela ida semanal de uma faxineira para limpar e arejar o lugar. Mesmo assim, as roupas deviam ter mofado nas gavetas. Ao pensar nisso, estrada aberta à frente, quase pôde sentir o cheiro, não por acaso idêntico ao cheiro do enorme baú no qual o pai metera as roupas da mãe. Mofo sempre lhe dava ânsia de vômito. Por dois anos o baú foi deixado num canto, deixado, jamais esquecido, o menino o abria, os vestidos embolados, camisetas, camisolas, e o pai irrompia no quarto, um empurrão, um tapa no rosto, não vem fuçar nessas coisas, não vem fuçar em nada, fora!, e o menino corria, a enorme mão do pai como que grudada no rosto, o calor de sua forma (a dor física era o de menos) (sempre foi). Mais tarde, sem saber o que fazer, sentindo-se culpado pela explosão, pela raiva que nutria, Lázaro ia até o quarto do filho, sentava-se na beira da cama e falava sobre o que lhe viesse à cabeça, contava histórias de filmes conforme se lembrasse, inventando ou adaptando os trechos mais obscuros ou problemáticos. À meia-luz, a casa adormecida ou prestes a, aquele homem maltratado pela perda tentava estabelecer um vínculo ou, ao menos, uma rotina junto ao filho. Jamais houve raiva entre os dois, talvez porque a raiva seja, com frequência, o sinal de uma proximidade intolerável, e pai e filho estivessem apartados pelo espaço em branco deixado por quem partira. Havia, contudo, e a despeito da clara presença da morte, o homem adentrando o quarto e se esforçando para contar ao filho uma história que o fizesse dormir ou, pelo menos (e momentaneamente), esquecer. As tábuas do assoalho rangiam conforme ele se aproximava, a casa inteira ecoando um lamento que parecia empurrá-lo, um passo após o outro, até o quarto do menino. As notas finais eram a porta se abrindo. Está acordado? Ele se mexia na cama, mas não dizia nada. Lázaro ultrapassava o umbral e parava junto à cama. Não queria ter gritado com você, te batido. Só não quero você fuçando naquelas coisas. Eram da sua mãe, você sabe, e o melhor é deixar aquele baú fechado, não mexer nele de jeito nenhum. Você não tem nada que fuçar lá. O menino pedia desculpas, não mexo mais lá, eu juro, depois se calava. O pai, então, sentava-se na cama e comentava sobre algo ocorrido na lida, alguém que amanhecera no boteco e fora trabalhar bêbado, ou pior, uma briga em Silvânia, o peão colhido pela polícia, esperneando, vou ter de ir lá amanhã e ver o que posso fazer, conversar com a delegada, arrumar advogado, não sei o que eles têm na cabeça, e então respirava fundo e mudava de assunto, falava sobre um filme ou o episódio de uma série de TV que vira pela metade, não sei de que jeito começa, mas o sujeito era um policial infiltrado na máfia, entende?, não sei o que ele teve que fazer para se infiltrar, perdi essa parte, mas ele estava lá dentro, enturmado, e o problema era que ele ficou amigo do bandido que ele tinha que prender no fim das contas.

– Pai, o que é "máfia"?

Quando se aproximava do trevo de Anápolis, o distrito industrial à direita e a cidade à esquerda, Cristiano pensou em Brasília, no que fizera (nada) e no que vira (muito) por lá. Dois modos de se situar na cidade, ou de confrontá-la. Não saberia dizer qual deles era o pior, o mais arriscado. Não se lembrava de muitas pessoas que se mantivessem aquém da linha traçada no chão (Silvia era obviamente, e até certo ponto, cúmplice de Paulo), que não lidassem com ela de algum modo, que não a ultrapassassem eventualmente. Os conhecidos em Brasília gerenciavam o tráfico aqui e acolá, o entorno do Distrito Federal como o Velho (Centro-)Oeste, um vácuo deixado pelo Estado no qual era surpreendente que a lei da gravidade ainda estivesse em vigor (nada mais estava) (talvez porque a gravidade não interferisse no andamento da coisa), e tinham aquele gosto pela expansão agressiva dos negócios. Cristiano os conhecera anos antes, quando trabalhara na campanha para senador de um aliado do reizinho, Paulo dizendo que eles precisavam dos votos do entorno do DF e que a melhor forma de consegui-los era se aliando ao que chamava, meio sério, meio sacana, de lideranças locais. Shows de música sertaneja, camisetas e cestas básicas distribuídas mediante o estreitamento dos laços com as tais lideranças, tudo pelo bem público, no interesse da comunidade, o melhor para todos nós. E o reizinho administrava Goiás também se colocando assim agressivamente, não? Vide o que Cristiano fazia naquele exato momento, a caminho de obter informações escusas por meios ilícitos, circulando à sombra do poder ao mesmo tempo em que alimentava (e era alimentado por) essa sombra. Por tudo isso, a ideia de um submundo lhe parecia falaciosa. A superfície era uma só. Quando muito, poderia se falar em expressões diurna e noturna de uma mesmíssima cartografia. Os conhecidos em Brasília se restringiam (no mais das vezes, e por enquanto) à expressão noturna; o governador goiano conciliava ambas, a depender das circunstâncias, ou às vezes no âmbito de uma mesma circunstância, como as eleições. Assim, ao adentrar a pujante cidade de Anápolis para fazer o que o governador incumbira alguém de incumbir outro alguém de incumbir Paulo de lhe incumbir, Cristiano sentiu-se parte de uma brincadeira sem começo nem fim, uma fila a perder de vista formada por pessoas de costas umas para as outras e entregues a uma sucessão de empurrões desmotivados, este empurra o que está à frente, que empurra o seguinte, que empurra aquele, que empurra aquele outro etc., os empurrões adquirindo uma violência maior a cada vez, alguém golpeado aqui e ali, um soco na nuca, um eventual pontapé, um morto eventual, por que não?, nada que altere a normalidade, o andamento em geral tedioso do jogo, a violência aumentando e diminuindo conforme a dinâmica própria e inescrutável da coreografia. Cristiano estava ali, entre a noite e o dia, encalacrado na madrugada infinita cuja escuridade baça lhe penetrava os poros e, pouco a pouco, enegrecia ossos, coração, vísceras, dentes.

 E, assim munido de seus dentes negros, dirigiu até o hotel onde se daria a transação. O lugar ficava a poucos quarteirões da Brasil Sul, na entrada da cidade, antes mesmo do estádio Jonas Duarte. Bem antes, na verdade. A cidade se espalhava, monótona. A "Manchester goiana" não tinha um traço distintivo, algo que a tornasse única. Comportava-se como um vila interiorana que inchara demais e nas direções mais esdrúxulas. O distrito industrial e a base militar eram elementos cruciais para essa metástase, mas se situavam acima ou abaixo daquele amontoado urbano descolorido e, dizia-se, superpovoado por evangélicos. O hotel era um prédio esverdeado, três andares elevando-se alguns metros acima do casario feito o colega mais velho, alto e burro da turma, largado no fundão, ruminando suas reprovações. As venezianas fitavam a rua com uma altivez forçada, tanto que a rua não parecia fitá-las de volta. De fato, a presença daquele hotel era injustificada: a rua era por demais afastada da avenida, a quilômetros da rodoviária e não muito próxima da estrada. Cristiano pensou que se tratava, então, de um prédio público, ria sozinho agora, uma repartição governamental disfarçada de outra coisa, à disposição para reuniões como a de que ele estava prestes a participar. Era esse tipo informal de repartição que importava, ademais. Onde as coisas eram feitas. Onde o governo acontecia ou tinham lugar as coisas que viabilizavam o governo. O boteco frequentado por Paulo. O hotel no meio do nada. Tudo integrava um contexto no qual dia e noite se confundiam para formar outra coisa; qualquer lugar no qual se encontrassem para realizar aquela espécie de trabalho adquiria um status não exatamente oficial, mas oficialesco.

Estacionou o Gol um quarteirão abaixo. Não quis parar defronte ao hotel, e tampouco longe demais – não queria caminhar a esmo por aquelas ruas afastadas e ser visto por uma Testemunha de Jeová, alguém a caminho do trabalho ou um vendedor de purificadores de água. A rua estava deserta, exceto por dois velhos que papeavam na calçada. Reclamavam do calor. Na recepção, um homem também muito velho folheava um jornal. "Com os dias contados", dizia a manchete, as aspas de alguém, um vereador. Falava do prefeito anapolino. O processo de impeachment em andamento na Câmara Municipal e o homem farreando em São Paulo. Um majestoso dar de ombros. Um foda-se aristocrático. Era companheiro de farra do reizinho, mas não um aliado político, não tinha aliados políticos àquela altura, e simplesmente porque se recusava a fazer política, o filhinho de papai que achou que seria legal concorrer à prefeitura, gastou uma fortuna na campanha e, depois, vencida a eleição, descobriu que governar era muito chato. Conseguiu se indispor com todo mundo e, agora, antes mesmo de chegar à metade do mandato, a cidade estava empenhada em se livrar do aventureiro. Ele também teria comido a mulher do vice-prefeito, os dois flagrados pelo próprio no lavabo do apartamento funcional pago pelos contribuintes, e é claro que o apartamento (mas não a trepada) constava do processo. Não só isso, claro. Nada de ilegal no auxílio-moradia, mas por que alguém tão rico precisaria disso? Ilegal foi o flagrante, uma armadilha, na verdade, alguém oferecendo sabe-se lá o quê, e o prefeito, entediado, efetuando ele mesmo o pagamento, tudo devidamente registrado em vídeo. Envelopes trocando de mãos: o gesto mais antigo do mundo. Não era nada. Era o de sempre. Ele talvez soubesse ou pressentisse, e por isso mesmo recebeu o sujeito e pagou o que ele pedia. Sem discutir. Sem barganhar. Estava de saco cheio. Na mesma noite, o vídeo foi veiculado em rede nacional. Quando perguntaram, limitou-se a dizer que não sabia. Não sabia do quê, senhor? Que pagar o que ele pedia era ilegal. Como assim? Pensei que era do jogo. Deu de ombros. Exigiram a renúncia, e então ele percebeu que poderia se divertir um pouco, afinal. Afirmou que não renunciaria. Afirmou que fora enganado, mal-aconselhado, mal assessorado. Afirmou que não deixaria o cargo sem lutar. Não tenho nada a perder. Afirmou que arrastaria metade da Câmara consigo. E o processo foi instaurado. "Com os dias contados." O velho evitou olhar para Cristiano quando ele perguntou pelo contador. Era a senha.

– Trezentos e dois – respondeu, empurrando a chave por sobre o balcão.

Trezentos e dois. Último andar. Subindo pelas escadas, notou que cada andar fora pintado com uma cor diferente: amarelo, azul, vermelho. E não um vermelho qualquer, mas algo escuro, pesado.

No quarto, havia a cama, o frigobar, a TV em um suporte afixado à parede, o criado-mudo com o telefone e uma cadeira solitária, talvez à espera de uma escrivaninha. Cristiano foi ao banheiro, mijou, deu a descarga, debruçou-se na pia, enxaguou as mãos e o rosto. Não abriu as cortinas, não escancarou a janela. Não havia nada lá fora. Deixou acesa a luz do banheiro, a porta entreaberta. Pegou o controle remoto que estava sobre o criado-mudo e ligou a TV. Mãe e filho, uma cena de novela. O volume baixo demais, o ruído televisivo transformado num sussurro vespertino. Sentou-se na beira da cama, o pacote com o dinheiro ao lado, e esperou.

O pai também esperava. Na penumbra, o facho de luz se insinuando desde o corredor, Lázaro sentado na beira da cama, contando aquelas histórias para o filho, sendo traído pela memória; ele também esperava, embora não se soubesse pelo quê. Que a raiva passasse, talvez. Que as roupas largadas naquele baú restituíssem a mulher morta, soprando o corpo no espaço vazio deixado por ele. Que o filho crescesse e fosse embora. Ele crescera, não estava mais lá. As coisas tão diferentes a essa altura, mesmo antes, o baú finalmente doado à paróquia, a outra mulher, Marta, uma filha, Simone. O pai esperava por outras coisas agora.

Eles tinham um vizinho chamado Aureliano, as sedes das fazendas separadas por nove quilômetros, um homem muito alto e sério, cujo filho, Jonas, quatro anos mais velho que Cristiano, era causador de todo tipo de problema, e isso desde o jardim de infância, desde sempre. Ateara fogo à saia de uma professora. Derrubara um busto de São João Bosco ao atingi-lo, de propósito, com uma bola de basquete. Mordera o antebraço de uma freira que tentava impedi-lo de surrar um colega de escola. Surrara todos os colegas de escola que lhe apetecera. Aos dezenove anos, Jonas tinha um metro e noventa e três de altura, ainda cursava o primeiro ano colegial e fora expulso do Instituto Auxiliadora (perguntou à coordenadora pedagógica, uma freira mirrada, raivosa e de dedos incrivelmente longos, se ela se masturbava com o cabo do rodo ou usando os dedinhos mesmo), do Ginásio Anchieta (socou o professor de História porque ele o proibira de se aproximar da filha, ameaçando-o em plena sala de aula, berrando que maconheiro nenhum chegaria perto da fulana, de quem, é bom que se esclareça, *todo mundo* se aproximava) e do Colégio Estadual Moisés Santana (pediu licença à professora de Biologia para ir ao banheiro, mas, como ela educadamente negasse, míseros dez minutos os separavam do intervalo, não pode esperar um pouquinho?, ele se levantou e mijou na lixeira ao lado do quadro-negro, diante de todos, não se dando ao trabalho sequer de fazê-lo com as costas voltadas para a plateia, mas de frente para a professora, um enorme sorriso aberto para ela enquanto se aliviava, complexo de Golgi, mitocôndrias, retículo endoplasmático liso ou rugoso, que alívio, professora). Com muito custo, contando com a boa vontade da diretora, todos são aparentados no interior, todos se conhecem, meu avô se casou com uma prima da sua avó, a mãe de Jonas conseguiu matriculá-lo no Colégio Estadual Professor José Paschoal da Silva. Na verdade, só o aceitaram porque Jonas era um extraordinário jogador de handebol e a diretora queria marcar sua administração com dois ou três troféus em torneios interescolares, o tipo de coisa que as pessoas valorizam, prestam atenção, que ótimo trabalho você está fazendo, esporte é saúde, talvez a ungissem subsecretária de ensino dali a um tempo. Ciente de que era a sua última chance, e também porque adorava jogar, Jonas se esforçou e levou o time às semifinais. A essa altura, após tantas expulsões e reprovações, ele e Cristiano eram colegas de sala. Na semana anterior ao segundo jogo das semis (vencido o primeiro com facilidade, contra um colégio de Bela Vista, uma atuação animalesca de Jonas), a professora de Língua Portuguesa, uma velhota escarradeira, exigiu que cada aluno redigisse um relatório a respeito de um livro que tivesse lido naquele ano, qualquer livro, e, claro, quem não tivesse lido nada, teria de ler agora. Cristiano chegou a procurar Jonas, faço o seu trabalho, se quiser, lera mais de dois livros nos últimos meses e não teria problemas em redigir dois relatórios, de tal forma que Jonas pudesse se preocupar apenas com o jogo. O outro agradeceu e disse que não se preocupasse, a porra das semis e a bosta do relatório estavam no papo. No sábado, de fato, a equipe voltou a trucidar os adversários, 11 a 2, estavam classificados para a final, e, na segunda-feira, ao ser chamado pela professora, Jonas se levantou e, diante de toda a turma, leu o relatório que escrevera sobre o livro *Kurt*, uma biografia do vocalista da banda Nirvana escrita, segundo ele, por um jornalista italiano chamado Andrea Giani. A professora não precisou pesquisar muito para descobrir que o célebre jogador da seleção italiana de voleibol não trabalhava, também, como jornalista, e tampouco escrevera sobre o roqueiro norte-americano, morto havia pouco tempo. Chamado à sala da diretora, Jonas argumentou que deveriam lhe dar um crédito pela imaginação. Como não demonstrassem interesse em fazer isso, e ele se recusasse veementemente a ler um livro e produzir um relatório no prazo de duas semanas, a diretora e a professora perguntaram e se perguntaram o que fazer. Jonas se levantou e disse: "Nada." Deixou a sala e o colégio, nunca mais colocando os pés ali dentro. O time perdeu a finalíssima (18 a 5) para um colégio de Pires do Rio. Tempos depois, desinteressado da lida na roça, Jonas foi preso em flagrante ao tentar vender maconha para uma policial à paisana, numa chuvosa segunda-feira de Carnaval. Solto dali a algumas semanas, conseguiram que respondesse o processo em liberdade, não disse palavra enquanto os pais o levavam para casa. O almoço transcorreu quase todo em silêncio, os três mastigando sem vontade, cabisbaixos. Amanhã você vem comigo, disse o pai, afinal. Tem muito o que fazer e você vai me ajudar. Esse bendito advogado não trabalha de graça. Jonas concordou com a cabeça e, tão logo o pai saiu com a mãe, precisaram voltar à cidade, a despensa quase vazia, temos que ir ao banco, também, ou ao menos foi a desculpa que encontraram, insuportável ficar ali com o filho, olhando para ele, temendo por ele, assustados, decepcionados, inconformados, o barulho do motor sumindo aos poucos, Jonas foi ao quarto, trocou de camiseta, depois passou pelo quarto dos pais, a pequena caixa de madeira que, não era segredo, o velho deixava na gaveta do criado-mudo, e saiu para os fundos, na direção do córrego. Matou-se com um tiro na cabeça. Estava com uma camiseta, a capa de *In Utero* estampada, mas, no velório, o pai comentou gratuitamente, sem que ninguém lhe perguntasse nada a esse respeito, quem sairia com uma dessas num velório?, que havia muito tempo que ele deixara de ouvir aquelas ou quaisquer outras músicas, a casa silenciada mesmo nos finais de semana, as tardes de sábado em que Jonas montava a churrasqueira nos fundos da casa, à sombra de uma goiabeira, enchia uma caixa de isopor com latinhas de Antarctica, puxava uma extensão desde a área de serviço, ligava o CD player e restava, ruidoso, por ali.

A luz do televisor era tão débil quanto os sussurros da telenovela. As histórias da cidade natal de que Cristiano se lembrava seguiam todas essa dinâmica perturbadora, o patético se tornando trágico (e vice-versa) num dobrar de esquina.

Ele quisera fugir de lá. Talvez Jonas também quisesse.

Aureliano só encontrou o corpo na tarde do dia seguinte. Ao voltar com a mulher, pressupôs que o filho tivesse dado o fora. O flagrante, a ameaça real de condenação ao final do processo. Tráfico. Passaram a noite em claro, dizendo um para o outro que talvez fosse o melhor, dadas as circunstâncias, e que ele saberia se virar. Chegaram a rezar. O corpo a algumas dezenas de metros, estirado em um barranco, bem próximo da água corrente.

Aumentou um pouco o volume da TV. Uma conversa bastarda à mesa da cozinha de uma casa de família. Duas mulheres falando dos filhos. O pai apreciava telenovelas. Uma distração, a exemplo do telejornal, dos filmes, do futebol, do papo furado com um conhecido na fila do banco. Uma das personagens dizia não reconhecer mais o filho. Eu não sei o que ele virou. Não sei mais quem ele é.

Duas leves batidas na porta. Desligou a televisão e esperou. A porta rangeu ao ser aberta e depois fechada, uma figura obesa e ofegante adentrando o quarto entre uma coisa e outra. Suava, a camisa empapada nos sovacos, no peito, nas dobras da barriga, e logo puxou a cadeira para se sentar. Era difícil precisar a idade do sujeito. A pele ruim, a papada, a pança enorme, o bigode agrisalhando, poderia ter quarenta ou cinquenta anos, talvez menos, talvez mais. O olhar vidrado parecia anunciar um enfarte. Cristiano não se mexeu. Ficou olhando para o homem, à espera.

– As escadas, elas... – resfolegou o outro. Como não houvesse resposta, olhou ao redor com apreensão. – Trezentos e dois aqui?

Cristiano concordou com a cabeça. A cara redonda do homem virava para lá e para cá, de uma parede a outra, como se ainda procurasse se certificar. Tinha um crânio enorme, os cabelos despenteados apontando para todas as direções; provavelmente se descabelara subindo as escadas. Recuperou o fôlego aos poucos, a palidez ressaltada pela camisa branca de mangas curtas, vagabunda, três botões abertos.

– Você é?...

Não houve resposta.

– Qual é?

Não haveria.

– Só tou tentando...

O sujeito bufou. A enorme mão balofa segurava um envelope pardo, a essa altura emporcalhado de suor. A boca aberta procurava por oxigênio.

– Filho da puta mal-educado – arregalou os olhos. – Eu tou aqui sozinho. Veio mais ninguém, não. É isso que te preocupa?

Cristiano se deu ao trabalho de negar com a cabeça. Olhava fixo para a figura paquidérmica à sua frente, equilibrada numa cadeira repentinamente tornada pequena. Não denotava emoção, ansiedade, nada.

– Cê é mudo? Surdo?

A mão acariciava o envelope. O suor reluzia.

– Filho de uma vaca. Metido.

O metido filho de uma vaca estendeu o pacote na direção da papada que tremia, gelatinosa.

– 'Saporra aí?

A mão estendida. O pacote como uma terceira presença a preencher o quarto. Uma presença enorme. Haveria espaço?

– Tira tudo e conta na minha frente.

O pacote não se mexeu.

– Não confio em você. Não confio em ninguém de lá. Tudo filha da puta. Tudo safado. Tudo igual a você.

O gordo fitava Cristiano, perturbado. O pacote fitava o gordo. Os olhos vazios de Cristiano não pareciam fitar coisa alguma.

– Tira e conta, caralho! – Um berro.

Cristiano respirou fundo, mas não recolheu o braço. Enfim, olhou para o envelope. A mão gorda o apertou. Enormes manchas de suor. Teria de secar o troço, dependurar os papéis num varal, recorrer a um secador de cabelos, algo do tipo.

– Tira. E. Conta!

O pacote descreveu um semicírculo no vazio. O gesto remetia à propaganda de um banco, o tijolo convidando para um abraço.

– Maluco desgraçado.

Voz baixa agora, quase um resmungo. A papada e o rosto tingidos de vermelho. O homem cogitou recuar, mas não sabia

para onde. O pacote era mantido à sua frente, suspenso. Sua presença tinha a solidez própria do que trazia. Dinheiro. A concretude do dinheiro. Parecia mais palpável que Cristiano.
– Não sou nenhuma puta. Você é que é. Putinha dele. Putinha do homem. Você e sua mãe. Você e a vaca da sua mãe! Você e aquel...
O pacote foi baixado, afinal. Com um gesto rápido, seco. No seu lugar, outra presença, mais difusa, impalpável, havia se formado. Cristiano olhava para o chão e balançava a cabeça negativamente. Alguém muito decepcionado. Alguém de saco cheio. O gordo pressentiu algo, mas não conseguiu precisar o quê. A mancha de suor crescia na pasta, bem como o tremor da papada.
– Eu só queria que você contas...

Cristiano jogou o pacote para o lado, sobre a cama, levantou-se e acertou a cara do homem, em cheio, o pé direito solto no vazio, na trajetória cega até o rosto do infeliz. Aquele pé parecia vir de outra dimensão, materializado ali com toda a violência. O baque foi imediatamente seguido por outro, da parte de trás da cabeça contra a parede, e por um estalo tão alto que parecia se lançar em todas as direções; era como se Cristiano pudesse ouvi-lo anos e anos antes, moleque ainda, no interior de um pesadelo, e muito tempo depois, delirando ao morrer numa cama de hospital. O estalo contingenciava tudo.

O gordo caiu para o lado levando consigo a cadeira, sua única amiga ali, acompanhando-o como pôde. Seus olhos estavam arregalados. Colocou um líquido grosso, vermelho espumoso, pela boca. A parte do rosto que fora atingida estava meio afundada. O ruído terrível, de um ruminante que engasgasse, saía dele, de seu corpo, e também dos móveis, das paredes, do teto, do prédio inteiro, de toda aquela maldita cidade. Não demorou muito para que silenciasse, e a conclusão do grotesco – mas breve – discurso de despedida teve lugar, o cheiro de merda e mijo tomando conta do quarto, o corpo enorme parecendo se decompor em excremento, ruidosamente, numa entropia acelerada e indigesta. O organismo expulsava o que guardara para o mundo e para aquele momento. Com todo o carinho, eu me despeço. Desculpem o mau jeito.

Do nada, vieram à cabeça de Cristiano as histórias que contara a Silvia ao conhecê-la. Sentia o estômago revirar. O corpo do metaleiro suicida. O outro saindo para comprar uma câmera e fotografando o defunto antes de chamar a polícia. Para fins de registro. À posteridade. Mas o corpo do gordo, ali se desfazendo, não convidava sequer a esse tipo de coisa. Não convidava a coisa alguma.

Correu até o banheiro e vomitou, pressionando o botão de descarga. Como se não quisesse que o ouvissem vomitar. Mas estava sozinho ali. Agora, mais do que nunca. Ficou agachado junto ao vaso sanitário por um tempo. O estômago quase vazio. Normalizou a respiração aos poucos. Esperou que a ânsia o deixasse, por mais que o cheiro vindo do quarto dificultasse o processo. Quando sentiu que estava pronto, alcançou o papel higiênico e destacou um bom pedaço. Limpou o botão da descarga, o assento, a tampa e a beirada do vaso, a torneira, o interruptor, a maçaneta, depois voltou ao quarto e fez o mesmo com o controle remoto e, entreabrindo a porta, a outra maçaneta. Depois, arrancou o envelope dos braços do defunto, pegou o pacote que jogara sobre a cama e, sem olhar de novo para o gordo, saiu do quarto sem tocar em mais nada.

Deixou a porta entreaberta.

Na recepção, o velho ainda lia o jornal. Não levantou a cabeça quando Cristiano passou.

A ideia que lhe ocorreu ao entrar no carro foi a seguinte: voltar a Goiânia, entregar os documentos a Paulo, ficar com o dinheiro, omitir o acontecido e depois desaparecer, mas desaparecer de uma vez por todas, sem olhar para trás, sem olhar para os lados, zarpar para bem longe, sumir, evaporar. Mas, sentado ali dentro com as duas mãos no volante, pensou que só isso não bastaria, que nada que fizesse bastaria, que não poderia proteger Paulo, por exemplo, alguém não é morto, simplesmente, ninguém morre sem mais, não daquela forma, naquelas circunstâncias, um chute e o sangue e a merda (as pernas adquirindo vida própria, o pé viajando até o outro e meio que através dele), o corpo estirado no chão de um quarto de hotel vagabundo (ele não pensava em nada, a cabeça completamente vazia, nada lhe ocorrendo, vou machucar esse cara, vou surrar esse cara, vou arrebentar esse cara, nada, as pernas esticadas e o pé direito surfando naquele vazio), não mesmo, perguntas serão feitas, uma investigação, e os homens, não a polícia, a polícia não sabe de coisa nenhuma, a polícia não sabe e não quer saber, mas os caras lá em cima, a névoa ao redor do reizinho, o próprio reizinho, eles vão querer saber que diabo aconteceu, como é que uma mera troca de envelopes desanda desse jeito?, como é que alguém acaba morto nessas circunstâncias?, quem foi lá e por que não voltou?, cadê a porra do dinheiro?, cadê a porra da papelada?, e teriam de elaborar todo um maldito cenário, um roteiro de filme ruim, algo a ser escrito em conjunto ou às expensas ou mesmo à revelia da polícia, a polícia é o de menos, foda-se a polícia, as perguntas, mal ou bem, seriam respondidas oportunamente, quem era e o que fazia ali e com quem, a mulher de outro, quem sabe, o marido no encalço da vagabunda, irrompendo no quarto no instante mesmo em que ela cavalga o infeliz, o choro, as roupas, todos se vestindo apressados, a conversa atropelada, o medo e a raiva, talvez alguma vergonha, o gordo sentado na cadeira, tentando falar, com medo de ir embora e aterrorizado por não ir, calça as meias e os sapatos, falando, falando, falando, implorando, não faz nenhuma besteira, eu não sabia que era casada, você acha que eu ia me enrolar com mulher casada?, eu não sou louco, cara, e você precisa se acalmar, a mulher trancada no banheiro, o choro abafado numa toalha, um choro grosso e envergonhado, e o marido senta-se na cama, cabisbaixo, a raiva cozinhando aos poucos, a imagem da cavalgada, a bunda virada para a porta, a bunda da mãe dos meus filhos, a bunda dessa piranha, a bunda da piranha mãe dos meus filhos com o pau de outro homem socado na boceta e um dedo atochado no cu, e agora chorando no banheiro, a desgraçada, o pau desse gordo asqueroso, como é possível?, você dá dinheiro pra ela?, você paga?, não é possível, não é, não pode ser, os dois ficam ali sentados ao som do choro da mulher, os dois em silêncio, dois estranhos na sala de espera de um consultório, dois estranhos hesitando se falar e se olhar, nervosos com a possibilidade do diagnóstico, tensos com o que poderão ouvir dali a pouco, um e depois o outro, que eu me safe e você não, sim, antes ele do que eu, e então o marido levanta a cabeça, a papada trêmula do gordo, os olhos esbugalhados, a indecisão sobre ir ou ficar, o medo de ir ou ficar, o terror diretamente proporcional à indecisão, e o marido se levanta e desfere o chute, o baque, o estalo, o corpo desabando para o lado, o corpo com os olhos arregalados, o líquido grosso, vermelho espumoso, a sair pela boca, a metade afundada do rosto, a metade atingida, o ruído terrível, de um ruminante que engasgava, saindo dele, de seu corpo, e também das paredes, dos móveis, do prédio inteiro, mas não demorando muito para silenciar, um nada, tão pouco que, depois, o marido se perguntará se ouviu mesmo aquilo, e então o cheiro de merda e mijo tomando conta do quarto, o corpo enorme parecendo se decompor em excremento, ruidosamente, numa entropia acelerada e indigesta, a mulher saindo aos tropeços do banheiro e gritando, descontrolada, o que você foi fazer?, o que você foi fazer?

– O que você foi fazer?

Ou um assalto, sim, algo mais simples e verossímil, bastando arranjar uma puta que confirmasse a história ou parte dela, a ida ao hotel com o cliente, o serviço, tudo certo, ela vai embora e ele fica, alguém terá entrado depois, alguém que estava à espera, o sujeito não tinha muito dinheiro na carteira, não tinha um relógio caro, nada, o chute desferido por pura frustração, quase um acidente, sim, um acidente de trabalho, por assim dizer, sabe como é, essas coisas acontecem, eu não queria matar o desgraçado, mas.

Histórias possíveis, enredos mais ou menos plausíveis, quem se importaria? Não a polícia. Os homens não teriam dificuldades para ajeitar a presepada. Passado o susto, é claro. A cara deles. Como é que é? Ele o quê? Como assim, caralho? Duas ou três ligações. O palco montado. Envolver algum aliado, alguma liderança local.

Se necessário. Ou não.

Mas o que é que eu estou pensando? Não há nada que. Um homicídio, mais um. Nada que ligue uma coisa à outra. Nada que os obrigue a se mexer.

Enfim.

A cidade de Anápolis. Até nunca mais.

Cristiano ligou o carro, voltou à estrada, mas na direção contrária, rumo a Brasília, e parou no primeiro posto, abasteceu, estacionou o carro mais à frente, próximo à loja de conveniência, e fez a ligação.

– Deu tudo certo?

Não, cara. Não deu tudo certo. Não deu nada certo.

– Estou com a papelada e o dinheiro – percebeu que a voz não tremia. Bom sinal? Mau sinal? A mão, sim, tremia um pouco. E fedia. Vômito.

– Como assim?

– Acho que vocês vão ter algum trabalho pra limpar o quarto e inventar uma história. Ou não. Talvez seja melhor deixar quieto.

– Limpar o quê? Inventar?... Que porra?!...

– Limpar o quarto. Inventar uma história.

Do outro lado, Paulo tentava ao máximo não perder a cabeça, não surtar com o que ainda não tinha ouvido, com o que ainda não sabia, mas imaginava, pressentia. Queria entender. Queria *mesmo* entender.

– Eu matei o desgraçado, Paulo. Eu tive, eu.

O silêncio de uma cova aberta, momentos antes de apearem o caixão. Aquele silêncio escancarado. Escuro lá embaixo. Lá *dentro*.

– Vou mandar a papelada pelo correio. Eu vou ficar com a grana, tá? Eu... desculpa aí, cara. Não sei o que rolou. Aquele gordo filho de uma puta, ele...

– Mas...

Desligou.

Não tinha planejado o que diria. Não tinha planejado nada.

Não vou foder com você, beleza? Mas o que é que eu acabei de fazer?

Desceu do carro. Sentia-se tonto, fraco. Com as mãos trêmulas, retirou o chip do celular, jogou numa lixeira próxima.

Olhou ao redor.

Um carro parado nas bombas. Outro acolá, sendo aspirado. A loja de conveniência estava às moscas.

Pensou no sujeito que os conhecidos surraram em Silvânia, tantos anos antes. O sujeito com a pá. Sempre falavam de uma sequência ensandecida de chutes. Descreviam, excitados, com a maior riqueza de detalhes, o estrago feito na cara. Eram dois contra um. Chutes e mais chutes. Mas o sujeito não morreu. E, havia pouco, naquele quarto de hotel, um mísero chute bastou.

Foi tudo muito rápido.

A perna em repouso. A perna viajando. De onde foi que ela veio? De onde foi que veio tudo isso?

Talvez, se fizesse a mesma coisa vinte outras vezes, com vinte outros gordos nojentos, só uns dois ou três deles morressem.

Nem isso.

Ou não. Talvez todos e cada um deles. Mortos. Vinte cadáveres pestilentos deixados ali no chão e se desfazendo em merda, sangue e mijo. Amontoados.

Força e jeito. O ângulo. O lugar em que acertou. A cabeça ainda lançada para trás, contra a parede. Um baque.

E aquele *estalo*.

Guardou o celular no bolso. Levou a mão à barriga. O estômago. Um chute talvez doesse menos. Por que não mirou na barriga ou no peito? Porque não sentiria nada se o acertasse na pança. Toda aquela banha. Mas por que mirar na cara?

Por quê?

Ele não fez isso, não mirou. A perna em repouso, depois viajando. Tudo muito rápido.

Não sei o que rolou.

Ele dirigiu até Brasília e fez check-in num hotel, o menor que encontrou, bem perto da W3-Sul. Um prédio baixo, a pintura descascada, de aspecto pouco convidativo. Parecia perfeito. Ainda era dia.

Tomou um banho, depois esvaziou a mochila sobre a cama: três camisas que Silvia insistira que levasse, um par de calças que jamais serviriam (Paulo era uns dez centímetros mais baixo) e várias peças emboladas. Sujas. Eram as roupas da derradeira semana de exílio, o que sobrou delas. Tinha outra mala, maior, que, naquela madrugada, bêbado, antes de rumar para Goiânia, deixara em um canteiro na Praça do Relógio, o carro parado junto ao meio-fio, motor ligado, ele descendo, abrindo o porta-malas, alcançando a mala e a deixando por ali, no ermo taguatinguense, antes de pegar a estrada. Doze quilos de roupas sujas. Alguém que o visse talvez pensasse no pior. O que é isso? Desovando um defunto? Matou e fatiou a mulher, aposto. Não houve o caso de um rapaz em Goiânia? Matou a namorada, esquartejou o corpo, meteu os pedaços numa mala (ou seriam duas? Ou mais?) e atirou de uma ponte. Um mendigo viu, o que é que estão jogando fora? A mala caída à margem do córrego. Algo de valor, quem sabe. O assassino fotografara o processo, o corpo arrastado ao banheiro. Teria ido a uma festa entre o assassinato e o esquartejamento e desova. Descansa um pouquinho, volto logo. Por que fulana não veio? Ah, meio indisposta. Que faca terá usado? Valeu, galera, a festa tá boa, mas tenho que desossar uma fita lá em casa. Uma serrilhada, talvez. Horas de trabalho insano. Movido à cocaína, noticiou-se.

Talvez não. O mendigo abriu a mala. Os sustos que a gente toma. O que esperava encontrar? Roupas, talvez. Calçados. Meu dia de sorte. Correndo para debaixo da ponte. Ou talvez já estivesse lá, fuçando à margem da água poluída. Rio Meia-Ponte. Agasalhos? Não: o corpo fatiado, ou partes de um. Fotografando enquanto trabalhava. Olha só o que eu estou fazendo, gente. Anexar imagem. Enviar. Mensagem enviada. Os sustos que a gente toma. A cabeça estaria na mala que o mendigo encontrou? Noutra mala, parece. Noticiou-se. Mas quem quer que tenha encontrado a mala de Cristiano não passou por isso. Calças, camisas, cuecas, meias, uma toalha. Sujas, mas quem se importa? Nenhum cadáver ali. O cadáver ele deixaria noutro lugar. E inteiro.

Olhou ao redor. O quarto era espaçoso, mas não exatamente confortável. Havia qualquer coisa austera nele. Talvez fosse a mobília antiga. A derradeira semana de exílio dando lugar à primeira semana de fuga.

Sem descanso.

Não houve tempo.

Vestiu as mesmas calças, imundas, cheiravam mal, e uma das camisas de Paulo, linho azul-escuro, dois bolsos enormes. Roupas emprestadas dão a sensação de uma vida provisória, errática. Calçou o mesmo par de meias. Roupas sujas dão a sensação de uma vida terminada, acabou, o corpo apodrecendo de fora para dentro, um sem-teto, o morto-vivo vagando à procura de restos, revirando latas de lixo, os olhos pequenos e vidrados de quem já era. Em Goiânia, a matança não se restringia às mulheres, lembrou-se, o motoqueiro se aproximando do ponto de ônibus, escolhendo a vítima, sacando e atirando, mas também alcançava os mendigos. Pegou as roupas que se espalhavam pela cama, recolocou na mochila e fechou o zíper. Em ambos os casos, as autoridades desmentiam qualquer ação sistemática, tratavam como eventos isolados. Largou a mochila ao pé da cama. É um mundo cruel, diziam, não exatamente com essas palavras, estão sempre acontecendo coisas terríveis, mas temos a responsabilidade de conter o alarmismo, de não criar pânico na população. O envelope com os documentos e o pacote com o dinheiro ele guardou no pequeno cofre, depois de pegar algumas cédulas, dois mil e quinhentos, contou, e enfiá-las na carteira. Os cadáveres se amontoavam, desmentindo as autoridades. Moradores de rua, mulheres. Defuntos não mentem. Sentou-se na beira da cama e calçou as botas. Defuntos gritam, são uma verdade incontornável e ensurdecedora. Daí que talvez não encobrissem nada, não conseguissem encobrir, não houvesse tempo, não houvesse como, ninguém morre assim, sem mais. E o que seria dito, então? Alegado, afirmado? Alguém morto desse jeito. A troco de nada. A troco de quê?

Sacudiu a cabeça.

Para um pouco. Só um pouco. Para. Me dá um minuto. Só um. Um minuto, mais nada.

Mas o gordo não teve um minuto, teve?

Não.

O gordo teve um pé no meio da cara, chegando com toda a força. Tudo muito rápido.

Esfregou o rosto com raiva, soltou um grito abafado pelas mãos, levantou-se e chutou a mochila, que foi de encontro à parede, um som aberto, plaft.

Plaft. Bem diferente daquele estalo.

Ficou olhando para a mochila. Um animal de estimação. Respirou fundo. Você tem que parar com essa mania de chutar as coisas. Onde é que isso vai te levar, caralho? Onde é que isso foi.

Para.

(Não queria te chutar. Não sei o que rolou. Desculpa.)

Precisava sair dali.

Fim de tarde. Os pontos de ônibus abarrotados, a fumaça dos carrinhos de pipoca, dos churrasquinhos, dos escapamentos. Ao entrar no shopping e ver as proteções nos parapeitos acima, lembrou-se das histórias, adolescentes subindo até o penúltimo ou o último piso e se atirando de lá, os corpos se esborrachando bem no meio do lugar. Vários. Uma epidemia. Combinavam pelas redes sociais. Haveria uma escala? Hoje você, amanhã eu, depois de amanhã fulano. Talvez rolasse um sorteio. Por que não vieram todos de uma vez? Seria impossível não noticiar. As regras não escritas da imprensa. Suicídio é tabu. Parricídio, infanticídio, linchamentos, não. Certo. Envidraçaram o troço por dentro. Olhando dali de baixo, era como um aquário gigante, os espécimes nadando em círculos, ao redor do grande centro. Alguns ainda se atiraram do terraço do prédio, mas aí eram outros quinhentos, *algo* caindo lá *fora*, na calçada esfumaçada e imunda, não ali dentro, às portas das lojas, diante das vitrines, os vendedores e consumidores em pânico.

Cristiano foi à praça de alimentação, comeu um Whopper, bebeu alguns chopes. Cogitou ir ao cinema, mas desistiu. A troco de nada. As calças imundas. A camisa emprestada, doada. Foi a uma loja de departamentos e comprou duas calças, cinco camisas, cinco camisetas, duas bermudas, uma dúzia de cuecas, dez pares de meias e uma mala. Continuou circulando por ali, o morto-vivo à procura de restos. Comprou um chip para o celular, depois passou numa farmácia, desodorante, xampu, creme e aparelho de barbear, pasta e escova de dentes, o primeiro dia da primeira semana de fuga. Serei um foragido limpo, pelo menos.

Sentia-se exausto quando voltou ao hotel. A recepção estava deserta. Um vulto à porta de um dos quartos, entreaberta, ao final do corredor: estou sendo observado. Aja naturalmente. Tomou outro banho. Meteu as calças sujas, as meias e a cueca na mochila, depois se deitou na cama, nu.

Ao contrário do que esperava, apagou.

Quase doze horas depois, ao acordar, soube tão logo abriu os olhos: não estava em casa.

TERÇA-FEIRA

Não estava em casa. Dois hotéis: um lugar para matar, outro para morrer. Seria isso?
— Como é que você se sente nesta manhã?
Equilibrando-se no encosto da cadeira, a ponta do cinto amarrada ao suporte do ventilador de teto.
— Passe pela fivela antes. Isso.
Suportaria o peso?
— Vamos torcer.
Iria ao banheiro pela última vez, enxaguaria o rosto.
— Nenhum bilhete?
Não.
— Melhor assim.
Subiria de novo no encosto da cadeira.
— Com cuidado. Assim.
O cinto ao redor do pescoço.
— Está confortável?
Quase.
— Está pronto?
O chute derradeiro, a cadeira no chão.
— Enfim.
Girando, girando.
— Diga-me: o que você vê?
A cama desarrumada, a mochila boquiaberta (vestiria as roupas sujas), a porta fechada (deixaria destrancada), as sacolas, a porta do banheiro entreaberta (deixaria a luz acesa), a cadeira derrubada, as cortinas esvoaçando (deixaria a janela aberta), os próprios pés dependurados e se debatendo, descalços.

Riu sozinho ao considerar a ideia, imaginar a cena.

Riu alto.

Jonas. Aquele se matou. O que teria visto antes de? Água corrente, o córrego. O som mais tranquilo que existe. Estaria descalço? Tranquilo, tranquilizador. Os pés afofando a areia ali na margem. Jonas se matou. E outros tantos. Silvânia, sempre tão propícia a esse tipo de gesto. Era o que se dizia.

Jonas, sim. Mas, eu?

Não. Eu, não.

E por quê?

Virou-se de lado na cama e olhou na direção da janela. Esquecera de fechar as cortinas ao se deitar. Tão cansado. Uma nesga de céu azul agora. Aquele céu de Brasília. Frio. A luz parecia fria. Ventava.

Eu, não. Por quê?

Pensou um pouco a respeito. Do nada ao nada. E o nada teria lá o seu significado, na medida em que o constituía. Sou feito de nada. Não tenho nada. Não sou nada.

Riu outra vez. Estava sendo dramático agora. Não se mataria porque não. Fim de papo. Dramático e boçal.

O boçal se encolheu todo. Os joelhos tocaram o queixo. Fez um esforço e procurou não pensar na mãe, no pai ou no defunto que deixara em Anápolis, entidades que pareciam deitadas atrás de seus olhos, tentando revirá-los, concentradas nisso.

Esticou as pernas.

E este lugar?

O hotel fitava um ermo brasiliense qualquer. No centro do Plano Piloto, na junção de uma das asas, algum vazio.

Cidade aberta e não.

O prédio dava as costas para o Setor Comercial Sul, mas não se permitia encarar o que quer que houvesse do outro lado; parecia fechado sobre si, feito um garoto emburrado que, sentado no meio-fio, abraçasse os próprios joelhos sob a luz dura do meio da tarde.

A luz fria, dura e fria. Cortante.

Na tarde anterior, ao chegar, Cristiano circulou um pouco pelas redondezas. Queria um lugar pequeno e que lhe parecesse razoavelmente depauperado. Um bom esconderijo. Aquilo é um hotel? Parou o carro no estacionamento acanhado, desceu e adentrou a recepção sem olhar para os lados, como se vivesse ou trabalhasse ali desde sempre.

Ninguém.

Era bem diferente do hotel anapolino, uma atmosfera mais caseira, o hall lembrando uma sala de estar interiorana, com três poltronas e um sofá dispostos ao redor de um televisor e forrados com enormes bordados de motivos florais, um tapete surrado e uma mesa de centro decorada com um vaso de azaleias adoecidas (o ambiente não era escuro demais para elas?), algumas revistas e uma Bíblia aberta, iluminando o teto.

A TV estava ligada. Um canal evangélico.

Cristiano tocou a campainha.

Demorou quase um minuto até que alguém viesse andando pelo corredor, sem a menor pressa, passasse por ele sem dizer nada, contornasse o balcão e só então lhe dirigisse a palavra:

– Pois não?

Era uma balzaquiana de olhos claros e pele castigada, uma aura empoeirada ao redor. A deusa romana da faxina. Devia estar limpando um dos quartos. Recepcionista, camareira. Dona do lugar, quem sabe. Parecia trabalhar demais, em todo caso. Vestia bermuda jeans, uma larga camisa axadrezada de mangas curtas e calçava uns tênis brancos, de enfermeira de hospital público. Os cabelos lisos, tingidos de um castanho-claro, estavam presos atrás. Não eram muito longos.

– Preciso de um quarto.
– Por quanto tempo? – O sotaque gaúcho gotejou da entonação enquanto ela procurava por uma caneta, a ficha já colocada diante dele, sobre o balcão.
– Dois ou três dias.
Ela levantou os olhos, devagar. Azuis. Alguma preguiça.
– Ainda não sei direito. Tenho umas coisas pra resolver e – ela o cortou com um gesto, não queria saber, não se importava, não faria a menor diferença, um gesto e o esboço de um sorriso cuja vagueza deveria ser confundida com compreensão ou diplomacia. Colocou a caneta sobre a ficha e pediu que ele preenchesse.

O pastor televisivo vociferava sobre a conversão de Saulo. Cristiano sentiu um arrepio. *Por que me persegues?*

Ele preencheu e estendeu a ficha de volta, esperando que a mulher pedisse o RG, conferisse os dados, comparasse as assinaturas, mas ela sequer olhou para o pedaço de papel; deixando de lado, virou-se e alcançou uma chave, que empurrou na direção dele, por sobre o balcão. Explicou que não serviam café da manhã, não por esses dias, a cozinheira adoeceu e talvez nem volte a trabalhar, acho que é a idade, ainda não sei o que fazer, se contrato outra ou espero mais uns dias, pode ser que ela se restabeleça, por isso vou dar um desconto na tua diária.

– Gentileza sua.
– Não posso cobrar pelo que não ofereço.
– É. Acho que não.

Ela informou o valor e recebeu as notas que ele estendeu, seu quarto é o terceiro à esquerda, seguindo aí pelo corredor, quase no final.

– Acabei de limpar – recompôs o esboço do sorriso, como se esperasse (mas não muito) ser congratulada pela faxina. – Se precisar de alguma coisa, é só me procurar.

Não disse como se chamava, contudo. Ele preferiu não perguntar. Que diferença faz? Agradeceu, pegou a chave e a mochila e seguiu pelo corredor. Ligou a TV tão logo entrou no quarto. Zapeou até encontrar um canal de notícias. O que eu espero ouvir? O que eu não espero? Nada vindo de Anápolis, de Goiás, do DF, de nenhum lugar do Centro-Oeste. Cedo demais. À noite, veria o noticiário local, mas duvidava de que, mesmo então, houvesse alguma coisa. Contava com isso, na verdade.

Manhã aberta. Sentou-se na cama. Olhou de novo para a janela, as cortinas esvoaçavam, então alcançou o celular no criado-mudo e checou as horas: 10:09.

O silêncio no lugar era completo.

Lembrou-se das chaves afixadas na parede atrás do balcão. Muitas chaves. Estou sozinho aqui? Ao voltar do shopping, percebeu que o número não diminuíra. Talvez fosse mesmo o único hóspede. De qualquer forma, não o procurariam em Brasília. Ou, se o procurassem, não seria ali, naquele hotel.

Esfregou os olhos com o indicador e o polegar da mão direita.

Foi quando lhe ocorreu que, se o procurassem e encontrassem, seria um alívio.

E o que aconteceria então?

Não importava. Será um alívio.

As sacolas de compras estavam espalhadas pelo chão. Abrindo uma delas, Cristiano alcançou uma cueca, meias, uma camisa preta de mangas curtas e um jeans. Vestiu-se. Ao amarrar os cadarços das botas surradíssimas, lembrou-se de que precisava de calçados novos, também. Pegou a mochila com as roupas sujas, a carteira, o celular, o envelope com a papelada e saiu.

A recepção deserta outra vez. Na tarde anterior, depois de hesitar um pouco, ali parado diante do balcão, levara a chave do quarto consigo. Fez o mesmo agora, sem hesitação.

Pendurou a mochila numa lixeira. Parecia um enforcado. Descanse em paz. Voltou ao shopping, à mesma loja de departamentos que fora no dia anterior, e comprou um par de sapatos, coisa barata, genérica, a camurça marrom e os solados durariam quatro ou cinco meses, se tanto, e um par de botas Timberland, idênticas às que usava. Foi ao banheiro, fechou-se num reservado e calçou as botas novas. Deixou as velhas no reservado, diante do vaso sanitário, e encostou a porta ao sair. Para sempre ocupado. O senhor está bem? Há quanto tempo está aqui? Alguém chame um médico, ele não responde. Saiu rindo do banheiro. Passou numa papelaria. Precisava de um envelope novo, o suor do gordo inutilizara aquele. Descanse em paz. Deixou o shopping por uma porta lateral e caminhou em direção à W3-Sul, olhando para o outro lado da rua. Pensava ter visto uma agência dos Correios por ali, nas imediações do hotel. Não estava enganado.

Trocou os papéis de envelope, eram algumas dezenas de páginas, e ficou observando a atendente reforçar o pacote com uma fita adesiva enquanto falava qualquer coisa sobre uma prima que morava em Goiânia, nesse mesmo bairro do senhor. Ele colocara o endereço goianiense na face do envelope. Veriam o carimbo brasiliense, mas foda-se. Não estaria mais ali.

– É onde tem a Pecuária, né? Minha prima não perde uma. O bairro é bom?

– Vila Nova? Maravilhoso.

– Mesmo?

– Tão bom quanto o time.

Preferiu não enviar por Sedex. Que esperassem mais dois ou três dias. Além disso, achou que era o tempo necessário para decidir o que fazer, para onde ir.

E nada de cartão-postal dessa vez.

Comprou alguns jornais no caminho de volta para o hotel. Lá, deparou-se com a mulher sentada ao balcão, os olhos fixos na tela de um Dell. As mesmas roupas do dia anterior?

– Não tinha ninguém aqui quando saí. Acabei levando a chave do quarto comigo.

Ela respondeu sem olhar para ele: – E tocou a campainha?

– Isso não me ocorreu.

– Isso não te ocorreu? – Ela riu, incrédula. – Meus funcionários estão me desertando. Mas, se tu tocar a campainha, eu juro que venho rapidinho.

– Entendido. Desculpa.

– Não precisa pedir desculpa.

Caminhou envergonhado até o quarto, grato por ela não ter desviado os olhos da tela por um segundo sequer. Trinta e muitos anos. Branca, magra. Uma existência cansada. Mas eu juro que venho rapidinho.

A cama estava arrumada. Toalhas novas no banheiro. As sacolas permaneciam no chão, aparentemente intocadas.

A notícia estava em quase todos os jornais, e em nenhum deles ganhara destaque. Corpo encontrado em hotel de Anápolis. Homicídio. Ninguém vira ou ouvira nada. "A polícia segue trabalhando", o que significava: nenhuma pista. A foto do morto era de pelo menos dez anos antes. Abraçado a uma mulher. Esposa? Anos de serviços prestados à comunidade anapolina. Funcionário público. O que ele fazia no hotel? Um encontro fortuito? Outra mulher? As sugestões escorriam das páginas. Ele cogitou sentir pena da viúva. Deixa dois filhos adultos e uma neta.

Tomar um banho. Preciso me barbear.

Vestiu as mesmas roupas. Ficou um tempo olhando para as botas novas. O gordo calçava o quê? A expressão "bater as botas". Talvez seja melhor morrer descalço, em repouso. O avô morreu assim. Foi cochilar e não voltou. Tranquilamente. Vá em paz e que o Senhor.

Calçado, saiu para almoçar.

Depois, foi à Asa Norte se desfazer do carro. Numa busca similar àquela pelo hotel, procurou a garagem mais molambenta. Um rapaz macérrimo foi recebê-lo e, após examinar e testar o carro com a ajuda de um mecânico, vou dar uma volta na quadra, guentaí, propôs um valor irrisório. Cristiano insistiu preguiçosamente num lance um pouco maior, discutiram por alguns minutos, e acabaram fechando por algo como dois terços do valor real do carro. A acomodação possível. Estava com pressa e sem a menor paciência para barganhar. O outro parecia ter todo o tempo do mundo. Passaram à papelada.

– Preciso viajar amanhã cedo. A gente consegue resolver tudo hoje?

O rapaz checou as horas. Uma e pouco da tarde. Sorriu. Por que não? Estava satisfeito. O carro parecia inteiro, exceto pelos pneus e a despeito da quilometragem. Motor 1.6. Aquele azul-escuro agradaria a qualquer um. Ofereceu café, água e, mais tarde, tudo acertado, papéis e valores, banco e cartório, perguntou se o amigo goiano não queria comer umas codornas. Cristiano agradeceu, mas reiterou que viajaria logo cedo, malas por fazer, coisas por acertar, outro dia, quem sabe. O sujeito pareceu realmente decepcionado. Estavam parados na entrada da garagem. Cristiano pensou que poderia ter ido do cartório para o hotel; não havia motivo para retornar à revenda. Deixara que ele dirigisse daqui para lá e de volta, "sentisse" o carro, tudo certo com ele, não? Claro, tudo certo, problema nenhum. Até cogitara pedir que o deixasse no shopping, perto do hotel, mas o outro não parava de falar, discorrendo sobre uma sequência ruim de negócios que fizera ao abrir a garagem (dizia "a empresa"), pensei que ia falir, levei três canos, como tem nego torto nesse mundo, né? Também disse que logo se mudaria para a Cidade do Automóvel, o governo com um monte de incentivos, aquilo vai ficar cada vez melhor. As histórias e projetos destrinchados em seus mínimos e prolixos detalhes. Só restava ouvir. De volta à garagem, Cristiano deu uma última olhada no carro, como quem se despede, como quem se importa com esse tipo de gesto. Pegou a Bíblia no porta-luvas. Deixou o rolo de papel higiênico.

– O que você fazia antes de abrir a garagem?

Viu a cara do rapaz ser tomada por um sorriso. – Trabalhava com o meu tio. Aprendi muito com ele. O velho mais honesto que já conheci. Me ajudou demais.

– Ele também tem uma garagem?

– Não, não. Tem uma autopeças lá no SIA.

– Mas você quis uma garagem.

– Foi. Eu gosto de carro. E gosto de comprar e vender – encolhendo os ombros. Tudo muito simples. Notou a Bíblia que Cristiano segurava. Apontou para ela. – Eu frequento a PIB, mas a minha família inteira é da Assembleia. Qual é a sua?

– Minha família é católica, mas faz muito tempo que eu não entro numa igreja.
– Por quê?
– Por nada.
– Jesus me deu tudo.
– Bom pra você.

A mulher estava sentada no sofá da recepção, folheando uma revista. A TV sintonizada em uma novela vespertina. Outra mulher, bem mais jovem, que Cristiano via pela primeira vez, estava atrás do balcão. Gorducha. Uns traços indígenas. Notou a Bíblia que ele segurava e se permitiu um sorriso de cumplicidade. Que foi? Jesus também te deu tudo?

– Quero deixar pagos mais dois pernoites – disse à moça. – Se não tiver problema.

– E por que teria problema? – Era a mulher às costas dele.

Ele se virou. Ela estava concentrada na revista, folheando mecanicamente, um meio sorriso largado na cara. O vaso com as azaleias desaparecera.

Ela teria mesmo dito alguma coisa? Estou ouvindo vozes?

A Bíblia também não estava mais sobre a mesa de centro; em seu lugar, uma bandeja com uma garrafa térmica, xícaras, um açucareiro, um frasco de adoçante e algumas colheres.

Em silêncio, a moça recebeu o dinheiro e anotou alguma coisa em um caderno de capa dura. Ali estava, num canto do balcão, aberta no Livro de Esdras, passagens sublinhadas a lápis. *Iahweh, Deus de Israel, tu és justo, pois o que restou de nós é um grupo de sobreviventes, como acontece hoje. Eis-nos aqui diante de ti com a nossa culpa!* Qual era a história de Esdras? Cristiano não sabia, ou não se lembrava.

– Não quer tomar um café? – perguntou a mulher. Ele não estava ouvindo vozes, afinal. Ainda não. – Passei agorinha mesmo. Por que não? – Claro.

Sentou-se numa poltrona defronte ao sofá, a mesa de centro (quem jogou fora as azaleias? Não pareciam nada bem, mas.) entre eles, sob a luz onipresente da TV. Colocou a Bíblia sobre a mesa, ao lado da bandeja, como se tomasse o lugar do exemplar anterior, agora sob os cuidados da outra. Estavam à mercê da ladainha teledramatúrgica, mas ela não abaixou o volume. Deixou a revista por ali, no sofá, endireitou o corpo e o serviu. A moça continuava aboletada no balcão. Fingia ignorá-los.

– Meu nome é Mariângela – disse ao lhe passar a xícara. – Açúcar? Adoçante?

– Cristiano. Obrigado. Tomo puro.

– Sim.

Sim: a ficha preenchida: Cristiano. Ela serviu café para si e, levando a xícara, recostou-se. A estampa de seu vestido combinava com os forros; embora tivesse dado uma folga à camisa xadrez e à bermuda jeans, uniformes para os dias de faxina pesada, talvez, estava com os tênis brancos de sempre. As pernas pareciam bonitas, os joelhos redondos e lisos. Bebericaram em silêncio por um tempo, até que, sem rodeios:

– E então? Qual a tua história?

– Minha história?

– É. Do que é que tu está fugindo?

Ele notou a moça arregalando os olhos por um instante e depois reassumindo a expressão de indiferença, remexendo alguns papéis que estavam sobre o balcão. O sorriso de Mariângela, agora inteiro, não aliviava a secura da interpelação. Ela não exalava, contudo, nada de persecutório ou coisa parecida. Só queria saber. Só estavam conversando. Do que é que tu está fugindo? Uma pergunta simples, direta. Meio boba, até.

– De nada – ele disse. – Ninguém. Não tem ninguém vindo atrás de mim.

– Tu deve ser o único.

Ela esvaziou a xícara com um só gole e a deixou na bandeja; soltou os cabelos. As raízes denunciavam a cor original, um castanho mais escuro, embotado. Comum. Chegavam aos ombros. Você quer conversar? Ok. Vamos conversar.

– Você não é daqui – ele disse.

– Não.

– Porto Alegre?

– Que nada. Colorado.

– Não conheço.

– Chamam de "cidade sorriso" – ela disse, séria. – Vim de lá tem uns quinze anos. Eu e meu marido. A gente comprou esse hotel. Ele comprou, na verdade. Era dentista.

– Não é mais?

– Não. Ele morreu.

– Sinto muito.

– Faz quase dois anos já.

Um minuto de silêncio. A moça deixou cair uma caneta, mas não se abaixou para pegar. Em memória de. Cristiano tentou imaginar o sujeito. Ele não está mais entre nós. Debruçado sobre um paciente, pensando que o hotel precisava de cortinas novas enquanto lidava com uma obturação. Os que partiram. Odontotelaria. Quis perguntar como é que o hoteleiro-dontólogo tinha morrido, mas se conteve. Ela contaria, eventualmente. Sim, contaria. Com certeza.

– Daí eu continuei aqui, com *isso*. Continuo.

– E não sente saudades do Sul?

– Ah, não.

Ela se serviu de mais um pouco de café (ele ainda não terminara a primeira xícara), depois perguntou de onde ele era. Cristiano falou primeiro sobre Goiânia, que cursara Direito, mas nunca advogara, ao que ela não perguntou no que ele trabalhava, como se pressentisse o campo minado, melhor contornar, deixa eu te servir mais um pouco, obrigado, tu gosta de café assim forte?, gosto, que bom, não sei fazer de outro jeito, está ótimo, mas tu nasceu em Goiânia?, não, eu também sou do interior, e falou de Silvânia, do pai, da fazenda, nunca levei jeito pra isso, lidar com roça, essas coisas, ah, meu marido também, mesma coisinha, não falou da mãe, o que teria para dizer?, não é mais, e por fim se referiu à quantidade de sulistas que migrou para Silvânia no decorrer das últimas décadas, agricultores, o Centro de Tradições Gaúchas que construíram.

– Mas não me lembro de ninguém de Colorado.

– Sem problema. Eu também nunca conheci ninguém de Silvânia. Gaúcho ou não.

Riram um pouco, sem esforço. Era ou se tornou fácil conversar com ela. Generalidades, o clima em Brasília, as eleições, a vida no interior aqui e lá, e então a funcionária veio se despedir, seis em ponto, boa-noite, até amanhã.

– O rapaz que fica das seis à meia-noite não aparece desde domingo – disse Mariângela depois que a outra saiu, o meio sorriso de antes. – Tentei falar com ele, mas não consegui. Primeiro a cozinheira e agora isso. Daqui a pouco vou estar aqui sozinha. Eu, a poeira e um monte de quartos vazios, o reboco caindo das paredes. Sozinha.

– O que talvez não seja tão ruim – ele parecia não prestar atenção ao que dizia.

O meio sorriso desapareceu. – Por que diz isso?

– Esquece – pediu, balançando a cabeça. – Falando bobagem.

– Tu é assim, né?

– Sozinho?

– Nunca casou. Casou?

– Ainda não cheguei aos 30 – ele sorriu. – Tenho tempo.

– Achava que tu fosse mais velho.

Ele deixou a xícara sobre a bandeja. – Já fui mais novo, mas não acho que isso faça a menor diferença.

Ela riu, sem entender direito o que ele queria dizer.

– Mas por que você pensou que eu fosse mais velho?

– Não sei. Quando tu chegou aqui, ontem à tarde, parecia bem transtornado.

– Parecia?

– Parecia. Mas isso não tem nada a ver. E eu nem acho que transtornado seja a palavra pra dizer o que eu quero.

– Talvez seja.

– Não. Maltratado. É essa a palavra. Maltratado.

– Eu parecia maltratado? – Estava rindo agora.

– Parecia. – Ergueu o queixo, satisfeita. – Quem te maltratou, Cristiano? Me conta.

– Ninguém me maltratou – ele respondeu, repentinamente sério. – Pode acreditar.

Ela baixou a cabeça. De um extremo a outro. Olhou para os pés dele. Botas novas. – Então é pior do que eu pensava.

– Ah, é? Por quê?

– Porque foi tu mesmo quem te maltratou. – Levantou os olhos, tímida. Procurava pelo rosto dele. Ali. Triste agora. Ou nem isso. Enevoado. – Não foi?

Ele olhou para a Bíblia no canto da mesa, as xícaras sujas na bandeja, o balcão agora abandonado. Mordeu o lábio inferior.

– Desculpa – ela pediu, adiantando o corpo, as mãos unidas junto ao peito. – Falei demais. Falei besteira. Eu...

– Não – um sorriso minúsculo, olhava de novo para a Bíblia. – Tudo bem.

— Quer mais café? Alguma outra coisa? Tem cerveja lá dentro, posso buscar. Desculpa.

— Não, não. Tudo bem. Mesmo.

Levantou os olhos para ela e sorriu. Tranquilizador. Ela voltou a se recostar, as mãos desentrelaçadas, repousadas cada qual numa coxa.

— Mas você não me disse por que achou que eu fosse mais velho. Disse?

Ela fingiu pensar um pouco. Levou a mão direita à boca e, ao fazer isso, sem querer, trouxe consigo um lado do vestido, que subiu até a metade da coxa direita.

Não o ajeitou.

Ele observava ostensivamente a coxa semidescoberta. As pernas eram mesmo muito bonitas.

Ela se arrepiou.

Ele sentiu o pau endurecer e respirou fundo.

Ela tocou os lábios com a ponta do indicador, como se pedisse silêncio, e os lábios responderam com um sorriso.

Depois, passou a mão nos cabelos e abriu bem os olhos. Azuis. Muito azuis.

— Acho que foi porque eu não te olhei direito.

— E agora?

— Agora? — Ela sorria. Estava vermelha, mas não parecia envergonhada. Era outra coisa, claro. — Agora eu estou te olhando direitinho.

Ele chutou as sacolas para um canto enquanto ela descalçava os tênis e as meias e tirava o vestido, a calcinha, o sutiã. Era magra e muito branca. Ele começou a se despir. Ela se deitou na cama, à espera.

A pequena cicatriz na barriga foi a primeira coisa que ele notou quando ela se despiu. Olhava não para o rosto, os seios, as pernas ou a boceta enquanto também tirava a roupa, mas para o rastro deixado pelo bisturi.

Foi tentando não pensar na mãe, cujo apêndice morrera com ela (ou um pouco antes), que ele se agachou junto à cama, encaixou a cabeça por entre as pernas de Mariângela, que ofegava, e lhe acariciou a barriga, ao redor do umbigo, e aquele corte, com delicadeza, enquanto a ponta da língua percorria a parte interna da coxa direita, as virilhas, uma e depois a outra, os lábios e, por fim, descoberto pela outra mão, o clitóris.

Ela gemia alto, e ele ficou ali por um bom tempo, a língua e a boca ocupadas e a mão direita subindo até os seios e descendo, a cicatriz, indo e voltando, até que ele sentiu e ela disse, estava gozando.

Então, como se rastejasse ao longo de seu corpo, subiu até a boca marcando o trajeto com a língua: púbis, cicatriz, os arredores do umbigo, os seios, um sovaco, no que ela riu, o pescoço, uma das orelhas, nela inteira um cheiro almiscarado incapaz de mascarar uma nota de amargor.

Quando as línguas afinal se tocaram, ela tentou virá-lo, queria lhe chupar o pau, mas não houve tempo, já estava nela, metendo com força, sem dosar o ritmo, acelerando o gozo.

Ela não pediu que gozasse fora, não disse nada, gemia e gemia, mas ele tirou e deitou o esperma sobre a barriga, o umbigo, a cicatriz, engolindo uma vontade estúpida de chorar antes mesmo que a porra saísse toda, caindo sobre ela e a abraçando com força, o rosto escondido, não olha pra mim, pensou e quase pediu, não agora, por favor, não.

— Podia ter gozado dentro – ela disse, minutos depois.

Ele não perguntou por quê.

Ela afastou o rosto dele, queria vê-lo. Os olhos fechados, os lábios contraídos. – Que foi? Tudo bem?

Ele balançou a cabeça: sim, estava tudo bem.

Ela o beijou nos olhos, depois na boca. Em seguida, girando o corpo, fez com que ele escorregasse para o lado e ali ficasse.

– Vou pegar uma toalha – disse. – Acho que tem porra até no meu queixo. E tu também tá todo emporcalhado.

Sim. Era verdade. Ele estava.

QUARTA-FEIRA

Passava da meia-noite quando ela se vestiu e foi até a recepção, descalça. Esquecera a TV ligada e a porta destrancada, agora estou te vendo direitinho, os corpos se pegando dali até o quarto, corredor adentro. Ela desligou a televisão, depois caminhou até a porta e girou a chave. Sentiu-se bem. Sozinhos. Podiam trepar em cada um dos quartos, se quisessem. Podiam trepar no corredor ou sobre o balcão. A fome dele era enorme, talvez estivesse na cadeia. Seria isso? Ela sorriu. Aninhando um ex-detento. Melhor não perguntar. Quando for preso de novo, prometo te visitar. E escrever, claro.

Arrancou o vestido pela cabeça tão logo readentrou o quarto.
– Pronto, pronto – disse.
E recomeçaram.

Logo cedo, preparou o café enquanto ele foi à rua comprar um exemplar do *Correio*. Comeram no quarto, esparramados na cama, Cristiano folheando os classificados, circulando um ou outro anúncio com uma Bic que volta e meia perfurava ou rasgava o papel, no que resmungava um palavrão. Ela esticou o pescoço para ver o que ele circulava.

– Carros? E cadê o teu?
– Dei um pulo na Asa Norte e vendi. Achei que estava na hora de trocar.

Entre eles, a bandeja com duas fatias de melão, torradas, bananas, manteiga e a garrafa térmica. Estirados transversalmente, cada qual para um lado, ele lhe acariciava as pernas, os tornozelos, os pés descalços, o farfalhar das páginas do jornal e a luz matutina incrementando a atmosfera de intimidade.

– E não viu nada de que gostasse por lá?
– Nada.
– Olha, o meu contador colocou o carro dele à venda. O carro da filha, na verdade. Ela vai estudar fora.
Levantou os olhos do jornal. Estava bonita sob aquela luz. A pele parecia respirar. A aura empoeirada desaparecera. – Não quero nada muito caro.
– Acho que é um Palio. O carro era da menina. Comprou quando ela passou no vestibular. Ou quando ela completou dezoito. Ou as duas coisas coincidiram, não me lembro.
– Você pode ligar pra ele?
– Posso. Ela vai fazer mestrado na Alemanha. Não sei em quê, mas vai. Ou será que é na Bélgica?
– Diz que vou pagar à vista.
– E vai?
– Vou.
Foram à Stadt Bier naquela noite, o Palio branco (ele se lembrou do carro que entrevira em Goiânia, quando, sentado com Paulo no boteco condenado, em meio àquela conversa desgovernada, o reflexo do sol na lataria o obrigara a fechar os olhos por um momento) avançando Eixo Monumental acima, a Torre de TV à esquerda e as luzes dos outros carros ao redor, aparecendo e sumindo, monótonas. Ela estava tranquila quanto ao hotel: ao final da tarde, o outro funcionário, um rapaz, aparecera para trabalhar. Que diabo houve contigo? Não atende celular, não dá notícia. Olheiras fundas, parecendo muito cansado. Desculpa, dona Mariângela, mas é que o meu pai morreu no domingo. Nossa. Tive que ir pro enterro, sabe como é. Deus do céu. Meus pêsames. Esqueci meu celular aqui em Brasília e depois não consegui ligar. Foi tudo uma correria só. Eu imagino. Pois é, desculpa. Tudo

bem. Onde é que foi o enterro? Barro Alto. Ela não sabia onde ficava Barro Alto. No carro, a caminho da cervejaria, perguntou a Cristiano.
– Uns duzentos quilômetros daqui. Vale de São Patrício.
– Vale de São Patrício?
– Perto de Goianésia. Praqueles lados.
– Tu curte ficar estudando mapa, é isso?
– Não. Já trabalhei com política, fazendo campanha, essas coisas. Conheço Goiás inteiro.
– Política? Não me admira que tu tenha fugido.
Ele concordou com a cabeça, mas não sorriu. Campo minado. Contornar, contornar. Ela nunca fora a Stadt Bier. – Não saio muito, nem me lembro da última vez que saí.
– Você vai gostar.
– Sei que vou.
– Mas, se quiser ir noutro lugar, sei lá, sugeri essa cervejaria porque estive lá não tem muito tempo e achei legal.
– Relaxa.
Política, fazendo campanha. Cheio de segredos. Ou nem isso, mas quieto, sempre dizendo o mínimo sobre si. Fechando o negócio o mais rápido possível. Aceitando o valor pedido sem pestanejar, negociar, pechinchar. O contador olhava para ela como se desconfiasse de uma pegadinha.
(Do que é que tu está fugindo?)
Eles se sentaram a uma mesa afastada, pediram chopes, uma porção de salsichas, em silêncio por um tempo. Havia algo daquela atmosfera de intimidade experimentada pela manhã, aconchegante, como se estivessem juntos havia muitos anos, impressão externada assim inadvertidamente, as mãos dadas sobre a mesa, a dele sobre a dela, como se a protegesse, os olhos girando ao redor sem muita curiosidade, tranquilos. Ela usava um vesti-

do de renda verde, os cabelos presos num rabo de cavalo, rejuvenescida pela maquiagem discreta; ao descer do carro, ouvira dele que estava bonita. Sorriu. Comprei hoje, dissera, referindo-se ao vestido. Gostou? Ele tinha gostado, claro.

Não ficaram muito tempo na cervejaria.

Cristiano não esperou que ela tirasse a roupa para jogá-la na cama, de quatro sobre as folhas de jornal ainda espalhadas por ali, o vestido levantado, a calcinha arrancada com um gesto seco, de uma urgência que a lisonjeou e lubrificou, puxando o corpo para si, os joelhos farfalhando o caderno de classificados. Depois, deitados lado a lado, a sensação enternecedora do esperma escorrendo desde a boceta até o lençol fez com que ela sorrisse para o teto enquanto lhe acariciava o escroto com a mão esquerda. Ele estava de olhos fechados.

– Tenho que dar um pulo em Silvânia. Faz muito tempo que não vejo meu pai.

O sorriso dela desapareceu. A mão, contudo, continuou atuando lá embaixo. – Ok...

– Acho que vou passar um tempo lá.

– Quanto tempo?

– Não sei. Duas, três semanas. Não vejo meu pai tem quase dois anos.

O movimento interrompido. Não queria que ele fosse. – Não quero que tu vá.

– Eu sei – ele sorriu, abrindo os olhos. Teto. – Mas eu volto. Se você quiser... Se *tu* quiser, eu volto.

Ela fechou a mão, o escroto ali dentro. Não apertou, mas poderia. Se quisesse. Quente. A coisa ainda escorrendo dela. Sorria outra vez. – Quero, sim. Claro que quero. Me promete?

– Prometo.

— Me liga, também? De lá? Turvânia?
— Silvânia.
— Silvânia.
— Turvânia fica pro outro lado. Perto de São Luís dos Montes Belos. Anicuns. Paraúna. Do outro lado.
— Do outro lado do quê?
— Do estado. Mas não é muito longe. Uns duzentos quilômetros, se tanto.
— Parece que tudo fica a duzentos quilômetros.
Tudo é distância, pensou. Tudo, tudo.
— Nem tudo. Mas Turvânia não é longe.
— Longe do quê?
— De Silvânia.
— De Silvânia — ela o masturbava agora. Meio duro. — Turvânia, Silvânia. Tu gosta de Silvânia?
— Não.
— Nem eu. Eu odeio Silvânia.
— Você disse que não conhecia Silvânia.
— E não conheço. Nem quero conhecer. Mas odeio. Odeio muito — acelerou. Dois minutos, três. Olhavam para o teto, como se houvesse um espelho lá. Ele não gozava. Ela foi diminuindo o ritmo, até parar. — Meu braço.

Ele se deitou sobre ela.

— Agora, sim.

Um sorriso pequeno que parecia se desculpar por estar ali, ocupando espaço no rosto. Meio triste. Agora o quê?

Ainda demorou um pouco. Não que ela se importasse. Não mais. Venha quando quiser. Desde que venha.

Desde que volte.

Tomaram banho juntos, depois voltaram para a cama. Ele ligou a TV. O aparelho na recepção estava sintonizado no mesmo canal quando eles entraram, o rapaz se apressando a informá-la de que eles tinham um novo hóspede, um senhor de idade, disse que vai ficar até segunda, coloquei ele no final do corredor. Certo, obrigada. Um filme policial. Alguém gritava: "Largue a arma!" Sirenes. "Agora, vamos!" Tiros. E mais tiros. "Eu pedi pra ele largar", dizia o policial diante do corpo sem vida, dois tiros no peito. Ela empurrou as folhas de jornal até o chão. Não se tinham enxugado. Era boa a sensação, os dois corpos molhados. Deitada sobre ele.

– O pai do rapaz morreu? Do seu funcionário?
– Morreu.
– Que pena.
– É. Que pena.

Mariângela perguntou pelo pai dele. – Se não quiser falar, não precisa.

– E por que eu não ia querer?

E ele queria mesmo. Falou da morte da mãe, do luto prolongado do pai, dois anos e meio se arrastando por ali, trabalhando todos os dias, mas não parecendo se importar, realmente, com mais nada, o baú com as roupas dela, as visitas noturnas, adentrando o quarto do filho, sentando-se na cama, falando qualquer coisa.

– Queria que tu visse que não estava só.
– É. Acho que sim. Ou talvez ele quisesse ter certeza de que não estava, né?
– Sim. Verdade. As duas coisas, talvez.

Então, a rapidez com que ele se casou com Marta, apenas dois meses depois de conhecê-la numa festa junina, na casa de um vizinho, havia três anos que a mulher morrera, e a gravidez, o nascimento de Simone vinte e dois meses após o casamento.

– Quantos anos tem essa tua meia-irmã?

— Dezenove agora.

— E ela mora lá na fazenda?

— Não. Estuda em Goiânia. Acho que mora com uma tia, irmã da mãe dela. Não conheço direito. Era uma menina quando saí de lá, sete, oito anos, e depois só esbarrei nela umas poucas vezes. Natal, essas coisas. E, de uns tempos pra cá, nem isso.

— Mas, por quê? Aconteceu alguma coisa?

— Não. Não aconteceu nada. Nunca.

— Mas eu até sei como é. Depois que vim pra cá, não voltei mais em Colorado. Minha mãe me visita de vez em quando, e só. Acho que ela nem faz muita questão. É mais pela viagem mesmo. Eu sei que não faço.

— Não faz o quê?

— Questão.

— Sei como é.

Ela continuou a falar. — Ricardo herdou um bom pedaço de terra. Já tinha se formado, achou que não servia praquilo e vendeu tudo. Pegou o dinheiro e voltou pra cá.

— Como assim, voltou?

— Ele estudou aqui. Aliás, acho que meu sogro nunca entendeu por que ele prestou vestibular na UnB em vez de escolher uma universidade lá do Sul mesmo. Mas é que ele odiava Colorado. Quanto mais longe, melhor, sabe?

— Sei.

— Daí ele se formou e queria ficar por aqui, mas o pai dele se recusou a montar consultório em qualquer outro lugar. Ele não tinha dinheiro e não queria começar trabalhando em consultório dos outros e atendendo em posto de saúde. Teve que voltar, né? A única coisa boa (eu acho) foi que assim a gente se reencontrou.

— E quando tinham se encontrado?

– Eu era a magricela de aparelho nos dentes com quem ele dançou quadrilha na quinta série.
– Inesquecível.
Ela riu. – E roubou um beijo meu, o safado. Muito afoito. Machucou a boca nas ferragenzinhas.
– Castigo merecido.
– Né?
– E agora, quando ele voltou formado e puto dentro das calças, você não era mais magricela e tinha se livrado do aparelho.
– Eu não entendo essa expressão.
– Qual expressão?
– Puto dentro das calças.
– Não sabe o que quer dizer?
– Claro que sei.
– Então você entende, sim.
– Tá, eu entendo, mas não sei... por que não dizer só que fulano está puto?
– Porque é sem graça. As calças incrementam o troço. Uma coisa é fulano estar puto. Outra, é fulano estar puto dentro das calças.
– Tá. Mas acho que tem umas coisas que as pessoas dizem que não fazem o menor sentido.
– Você não faz ideia.
– Enfim. Onde é que eu estava?
– No Sul, reencontrando Ricardo, seu amor da quinta série. Só que não era mais magricela e tinha se livrado do aparelho.
– Não e sim.
– Não te acho magricela.
– Gentileza tua.
– Suas pernas, por exemplo.
– Agora tu começou com isso de morder as minhas coxas quando vai lá embaixo, né?

– Te machuquei?
– Ainda não.
– Vou continuar tentando.
– O pai dele morreu algum tempo depois do nosso casamento. Ele falando de Brasília sem parar. E a minha sogra disse, faz o que tu achar melhor. Quando dei por mim, estava morando no Guará, o consultório dele montadinho e essa ideia maluca de comprar um hotel. O dono era paciente dele e devia pra meio mundo, queria se livrar disso aqui e cair fora. Se pudesse esperar, tinha conseguido bem mais. Acertaram o negócio no meio de um tratamento de canal, entre uma consulta e outra. Fiquei de gerente. Passando o dia aqui. Resolvendo os pepinos mais urgentes. Filas de banco. Funcionários. Mas era ele quem administrava de verdade. Saía do consultório e vinha pra cá, sabe? Era bom nisso. Gostava, também. Acho que isso é importante. Gostar. As coisas funcionavam bem. Mais hóspedes, mais funcionários. Volta e meia alguém querendo comprar. Construtora, essas coisas. Ofereciam um bom dinheiro. Tu sabe como é. A localização é boa demais pra esse hotel acanhadinho. Ele até falava em vender, mas depois resolvia esperar mais um pouco. Como eu disse, ele gostava disso aqui. A gente ficou nessa por uns dez anos. Eu não posso ter filhos, sabe?
– E vocês queriam?
– Eu perdi um. Foi logo que a gente mudou pra cá, antes de comprar o hotel. Eu nem sabia que estava grávida. Senti umas dores e fui pro hospital. Ele me levou. Gravidez tubária.
– Podia ter morrido.
– Podia. E daí me arrancaram tudo.
– Ele ficou numa boa?
– Mais ou menos. Mas o que é que se pode fazer?

– Verdade.

– A gente foi levando. Até que ele morreu.

– Foi o quê? Acidente?

– Não. Um troço na cabeça. Aneurisma. Foi num domingo à tarde, ele sentado na frente da televisão. Vendo jogo. Tinha se queixado de uma dor de cabeça no dia anterior. Mas não parecia nada sério. Ele soltou um grito e caiu no chão da sala.

– Que horrível.

– A gente fica sem saber o que fazer.

Cristiano não estava presente quando a mãe morreu, é claro. Ele só foi vê-la no caixão, os olhos fechados, nunca estivera tão magra. A gente fica sem saber o que fazer.

– Mas depois você achou que devia continuar aqui.

– Foi. Até porque não me ocorreu mais nada que eu quisesse fazer. Eu me livrei do apartamento, do consultório, claro, e vim morar aqui, num dos quartos. Simplifiquei tudo.

– Deve ser bom isso.

– O quê?

– Simplificar.

– E tu não é simples?

– Eu? Nem um pouco.

– Mas vive pelo mundo, parece. Sem casa.

– Tenho casa. Em Goiânia.

– Daqui pra lá, de lá pra cá. Solto por aí.

– Pois é. Não tem nada de simples nisso.

Notou certa tristeza na voz dele. Do que é que tu foge? Ele pareceu bem próximo de dizer algo, qualquer coisa, sobre o que fazia, alguma história, algo que tivesse acontecido, que tivesse visto ou ouvido, mas não disse nada, exceto:

– Fiz Direito, mas nunca advoguei.

Coisa que, inclusive, já dissera na tarde anterior, enquanto tomavam café na recepção. O comentário ficou perdido no quarto, feito o começo de alguma outra coisa, uma história maior que, no entanto, ele não chegaria a contar. Um comentário gratuito, ilhado num oceano escuríssimo que, ela percebeu (ou pressentiu), dificilmente navegaria. O ventilador de teto se interpunha, ruidoso, como se tentasse preencher o que não seria dito ou compartilhado. Mas aquele era um preenchimento falho, que se limitava a arranhar o silêncio, zombando da distância que havia entre eles, da incapacidade dele, sobretudo, de externar o que quer que fosse a fim de que, juntos, esboçassem algum conhecimento mútuo.

Não seria possível. Não aconteceria.

Aquela atmosfera de intimidade revelava-se, afinal, muito rarefeita. Ela tentou se lembrar da fala de um filme, um filme antigo. Como era? A fala, a cena. Um bosque ou coisa parecida. Um bosque de sequoias. Árvores com mil, dois mil anos. Será mesmo possível? Um casal passeia por ali. Encontra parte do tronco de uma árvore abatida, um corte transversal. Nele, pequenas placas indicam diversos eventos históricos ocorridos enquanto a árvore crescia e vivia. Batalhas, a chegada dos europeus à América, a declaração de independência dos EUA. A mulher coloca o dedo em um ponto qualquer, na extremidade do tronco, diz que teria nascido por ali e, movendo o dedo, morrido um nada adiante. "Foi só um momento para você", ela diz, recolhendo a mão. "Você nem notou." Não conseguia se lembrar do nome do filme, visto nas semanas posteriores à morte do marido. Dias trancada em casa, jogada no sofá, assistindo à televisão, inerte. Eventualmente, deixou o sofá, tomou algumas decisões, voltou ao trabalho e se deixou levar pela rotina. Viúva. Hoteleira. Foi só um momento. Você nem percebeu. Talvez Cristiano soubesse o nome do filme. Ela compraria o DVD e eles poderiam revê-lo, quando voltasse. Era um filme antigo. Um filme antigo e bonito, que, no entanto (ela se lembrou de repente), não acabava bem. Quando voltasse? De repente, pensou que ele não voltaria. Daqui pra lá, pelo mundo.

– Tu gosta de filme antigo? – perguntou, a voz meio embargada.

De imediato, Cristiano se lembrou de Lázaro vindo ao quarto, o assoalho rangendo, sentando-se na beira da cama, puxando conversa, puxando algo pela memória. – Não sou muito ligado em cinema, na verdade. Por quê?

– Por nada. Tava tentando me lembrar do nome de um filme.

– Acho que não posso ajudar.

– Que pena – suspirou. Em todo caso, deixando o filme de lado, resolveu insistir de outra maneira: – Duas, três semanas?

– Foi o que eu disse.

– Foi o que tu disse.

– Duas, três semanas. Por aí.

– Vou torcer pra passar bem rápido.

– Vai passar.

– Me traz alguma coisa quando voltar?

– Tá. O que você quer?

– Não sei. Alguma coisa da fazenda?

– O quê? Uma vaca?

Ela gargalhou. Aquilo foi inesperado. O que ele disse, a reação dela. Aquilo, sim, preencheu o que não seria dito ou compartilhado. De certo modo, por um instante muito breve. Mas, no entender dela, preencheu.

– Claro. Uma vaca. A gente deixa ela no estacionamento.

– Vai atrair uns hóspedes.

– Ou espantar todos de uma vez.

Ainda ria quando se levantou e foi ao banheiro, satisfeita por ter insistido. Satisfeita consigo mesma e por estar ali, com ele. Voltaria? Não importava. Não agora.

E, para ele, foram a luz oblíqua, a porta entreaberta e o som dela urinando que reinstauraram o que teria se perdido. Ele tentou se lembrar de quando fora a última vez que compartilhara esse tipo de intimidade com alguém. Cogitou se levantar e assomar à porta do banheiro, vê-la sentada no vaso, vê-la mijando, indefesa, talvez encolhendo um pouco as pernas, assustada, mas não muito, envergonhada, mas não muito. Levantaria a cabeça? Sorriria para ele? Diria: Que foi? Ou: Por que tá me olhando desse jeito, seu pervertido? Ou: Volta pra lá, tô mijando.

Ele se lembrou de uma funcionária do MP, uma baixinha de cabelos muito longos e lisos, morena, o rosto fino, bonito, bunda enorme, um evento qualquer, época de campanha, o pós-festa no apartamento dela, morava com a mãe, os dois bêbados, ele estava, pelo menos, e bastante, cochichando corredor adentro, pedindo que ele calasse a boca, vai acordar a minha mãe, até o quarto, a porta encostada com todo o cuidado, a foda abafada, ela mordendo os lábios, e então aquele jato, nunca vira nada igual, por um segundo pensou que ela estivesse mijando, que porra é essa?, mas era outra coisa, claro.

Não se lembrava do nome dela, contudo. Lucélia, talvez. Ou Angelina.

A moça jorrava.

Mariângela deu a descarga, lavou as mãos e voltou para a cama, deixando acesa a luz do banheiro. Deitou-se, a cabeça no peito dele outra vez.

– Não tá com sono?

– Um pouco. – Ela bocejou. – Vai sair muito cedo? Queria tomar café contigo.

– Vou depois do almoço. Acho que é a melhor hora.

A melhor hora. O sol lá no alto, e depois o cercando aos poucos, mas não rápido o bastante. Era como se ele fugisse justamente do sol.

– Acho que é a melhor hora – repetiu.

N o entanto, a melhor hora parecia inalcançável. Cristiano passou a noite em claro.

Lembrou-se do relógio de parede, aquele no apartamento de Paulo, os ponteiros estáticos como se apregoassem a inutilidade de seguir girando. O tempo circular, estacionário. O tempo como um motor estacionário, cheirando a diesel, ruidoso e pouco confiável, as lâmpadas oscilando até apagar de vez.

O que esperava indo até o pai?

Não se falavam havia meses.

Não se viam havia quase dois anos.

O pai não faria muitas perguntas, não o questionaria acerca de seu trabalho, esperaria que ele dissesse, contasse algo, mas não o interrogaria ou coisa parecida, e tampouco estranharia a chegada repentina, intempestiva. Lázaro mudara muito desde o segundo casamento. Um exemplo de superação do luto através de uma boceta católica apostólica romana, e praticante. Graças a isso. Nada mais parecia surpreendê-lo. Todo e qualquer acontecimento, por esdrúxulo que fosse, por absurdo, era encarado como parte de um desígnio maior, a resignação (no entender de Cristiano) mascarando o desespero quieto dos que *aceitam*, mal ou bem. Pai Nosso que estais no grelo.

O avô era de outra ordem.

Vivendo sozinho na fazenda, seu Chico mantinha a mulher, Donana, e Lázaro na cidade, que o deixassem em paz. Cercando quem lhe aprouvesse. Filhas de peões, empregadas, garçonetes de botecos de beira de estrada, enfileirando uma enorme quantidade do que ele enchia a boca para chamar de rachas.

Então, o imbróglio com a filha do caseiro.

O córrego trezentos metros abaixo da casa, e um trecho desse córrego, estreito e fundo, coberto por uma vegetação densa, árvores de troncos grossos e retorcidos, um pequeno túnel escuro com uma estreita faixa de areia na qual o velho estendeu um lençol, deitou-se e pediu à menina que tirasse os peitos para fora, queria vê-los, apertá-los, chupá-los, e depois o masturbasse, com a boca agora, vai, não fica com nojo, deixa de frescura.

Ele a vira estendendo roupas no varal e, como soubesse da ausência dos pais, pedira que o acompanhasse até ali embaixo. Catorze anos e um corpo desproporcionalmente desenvolvido, peitos inchados e ancas estreitas, mas coxas grossas, musculosas.

Ela obedeceu.

Na segunda vez, nas vezes seguintes, o velho pedia que ela tirasse logo o vestido e a calcinha e abrisse bem as pernas, lambia e cuspia ali no meio, quero te mostrar uma coisa.

A confusão se precipitou porque, certo dia, voltando da cidade com o pai, a carroça sacolejando pela estrada poeirenta, eles viram a Rural Willys do patrão semienfiada num milharal, a cabeçorra branca de Chico Boa Foda e a silhueta de uma qualquer montada nele, cavalgando-o sofregamente, o pai dizendo a ela que virasse o rosto, apressando os cavalos. Mais tarde, chorando, a menina disse ao pai que o desgraçado daquele seu Chico asqueroso a tinha levado até o córrego lá embaixo, e mais de uma vez. Mas o que que ele?... Me forçou, pai. Correu até a casa maior e encontrou o velho sentado à mesa, sozinho, comendo uma manga-coração-de-boi. Parecia muito satisfeito consigo mesmo. Saltou sobre ele e o esmurrou até deixá-lo desacordado, o rosto empapado de sangue. Deu o fora com a família naquela mesma noite. Seu Chico acordou algum tempo depois, levantou-se com dificuldade, lavou o rosto, pegou o carro e foi até o hospital. Alguns pontos nos supercílios, nos lábios, três dentes perdidos, o nariz quebrado, uma costela trincada. Depois, diria a quem quisesse ouvir (e, naquela cidade, *todos* queriam ouvir) que sentia um aperto no coração, pois não era justo que tirassem dele a menina, vocês não concordam?

– Ainda mais desse jeito, nunca vi tanta brutalidade.

Morreu do coração, dormindo, aos 63 anos, mas aparentando pelo menos 83, quando Lázaro, depois de engavetar o diploma de Direito, já tinha assumido a fazenda e tentava manter o pequeno Cristiano longe do velho, o qual não hesitava em compartilhar com o menino as histórias mais escabrosas, como se ele fosse um companheiro de copo, o dono do boteco de estimação ou um dos peões, e não uma criança de dois, três anos, dizendo já ter metido em rachas de todos os estados (e do Distrito Federal). Cristiano não se lembrava dessas conversas, do avô lhe contando nada, e as histórias que sabia vieram de terceiros, de Lázaro, dos funcionários mais antigos da fazenda, de algum conhecido do velho, aquelas coisas não eram simplesmente esquecidas, pelo contrário, eram aprimoradas, aumentadas, edulcoradas.

Deitado na cama, com Mariângela ressonando ao lado, pensou que seu Chico gostaria de ouvir sobre como o netinho grampeara a gaúcha dona de hotel na capital federal, e sorriu com saudades daquele homem enorme e inconveniente, que não chegara, de fato, a conhecer, que só conhecia pelas bocas dos outros, um personagem folclórico no deserto silvaniense, alguém incapaz de conter seus apetites, um criminoso sob qualquer ponto de vista, assim como ele, o avô e o neto, dois criminosos, o assassino, neto do estuprador, dois pecadores, venha a nós o vosso reino.

Mas que venha logo, pelo amor de.

Deus. Ele se levantou com cuidado para não acordá-la. Foi ao banheiro. Encostou a porta, não acendeu a luz. Lavou o rosto como se estivesse se preparando para sair. Mas ainda faltava um bocado para amanhecer.

QUINTA-FEIRA

A casa maior reformada outra vez, bem como a residência do caseiro, uns trezentos metros à direita. O telhado, as portas e janelas, a pintura, nada era como antes. A varanda ampliada, uma nova garagem à esquerda. Havia também um gramado e uma espécie de jardim alguns metros à frente da casa, flores enfileiradas como falanges gregas dentro dos canteiros retangulares. Pareciam bem cuidadas.

Cristiano ficou algum tempo sentado ao volante do carro. Estacionara à sombra da mangueira, logo atrás da caminhonete de Lázaro, uma Silverado DLX, cor metálica, traços pollockianos de lama por toda a lataria. Observava as mudanças. O desenho da antiga casa fora mantido, ao que parecia, mas todo o resto estava diferente, refeito. A passagem do tempo muito bem assinalada; a mesma casa e, no entanto, uma nova casa. Se fechasse os olhos, ainda veria a versão anterior. Levaria alguns dias, pensou, até que essa construção obliterasse a outra, cuja lembrança se mantinha firme na cabeça desse seu ex-morador e visitante esporádico.

Desceu, afinal. O pai devia estar sozinho, cochilando estirado no sofá, diante da TV, ou já teria surgido à porta. Uma grossa mangueira vermelha estava enrolada sobre a grama, feito um animal peçonhento que cochilasse. Atravessou o jardim, uma passarela de tijolos à vista entre os canteiros. As cadeiras na varanda eram novas, uma rede armada acolá. Parou diante da porta de madeira escura, grossa, e deixou a cabeça pender um pouco para o lado, como se quisesse ouvir o que se passava dentro da casa. Pensou ter ouvido passos, vozes; *ele estava perdido e foi reencontrado!*

Endireitou a cabeça e levantou a mão direita. Quando se preparava para bater, um homem amarrotado pela idade, magro, os cabelos completamente brancos e desgrenhados, abriu a porta e, depois de forçar um pouco a vista, um sorriso.
– Desculpa vir sem avisar, pai.
– Mas olha só pra isso – disse Lázaro, puxando o filho para si. Aquele não foi um abraço dos mais longos, como se o velho não tivesse certeza de que era a coisa certa a fazer, ou como se temesse uma reação adversa do outro, um afastamento, um desvencilhar-se, mas Cristiano o aceitou e retribuiu de bom grado. Lázaro exalava aquele cheiro que o filho identificava como típico da roça, algo empoeirado, suarento, terroso, não um mau cheiro propriamente dito, nada que se confundisse com fedor, mas um cheiro compaginado à terra e ao que fazia nela e/ou a partir dela, um cheiro que remetia àquela paisagem goiana (os mares lavourais margeando, tranquilos, as rodovias, feito água parada, lagos amarelo-esverdeados imensos, intermináveis, papeando com o firmamento, jamais infensos a ele, mas entregues à silenciosa negociação, quando fechar, chover, e quando abrir, azular), cheiro que o lançava direto na infância, como seria de se esperar, o cheiro que acompanhava o pai quando ele adentrava o quarto e se sentava à beira da cama e falava, o cheiro que ele trazia à mesa do almoço, ao sofá da sala onde cochilava por alguns minutos depois de comer, às cadeiras da varanda onde, mais tarde, ao anoitecer, descalçava as botinas, abria uma cerveja e respirava fundo antes de perguntar ao filho sobre o dia na escola, os deveres, se ele precisava de alguma coisa, o cheiro de uma existência que agora lhe parecia outra, de tão remota.

 Logo estavam sentados à enorme mesa da cozinha, os olhos do pai escaneando o homem à sua frente, custando a acreditar que ele estava mesmo ali. A TV continuou ligada na sala; ao passar por lá, Cristiano vira na almofada o contorno da cabeça do pai e o par de botinas junto ao sofá (o velho caminhando descalço à sua frente, vem pra cozinha, vou abrir uma cerveja, que tal?).

– Que troço mais esquisito – disse Lázaro tão logo se sentaram à mesa. – Eu tirava um cochilo bem ali e não lembro direito o que era, mas o sonho era com você.

– Mesmo?

– Te juro.

– E o que é que eu estava aprontando?

Ele se levantou, coçando a cabeça, caminhou até a pia, encheu um copo com água, o filtro de barro talvez fosse o mesmo, mas havia também um purificador instalado (Lázaro pegou água do filtro), colocou diante do filho sem perguntar se ele queria, deu meia-volta, alcançou outros dois copos, deixou-os sobre a mesa, foi até o freezer, puxou uma garrafa de Original e se sentou outra vez, o abridor estava por ali, ao lado da fruteira, a garrafa aberta, os copos cheios. Cristiano bebeu a água enquanto o velho se movimentava entre a mesa, a pia e o freezer, estava com sede, mas declinou quando Lázaro perguntou se queria mais.

– Por enquanto, não.

Brindaram e viraram os copos de cerveja, prontamente reabastecidos.

– Então – disse Lázaro. – Não lembro direito, foi um desses sonhos confusos, mas você ainda era pequeno e usava aquele uniforme antigo do colégio.

– Aquele amarelo? De botões?

– Não. Aí é que está. Esse amarelo era do seu tempo, foi o que você usou no jardim de infância, não foi? O uniforme que você usava no sonho era mais antigo, do meu tempo.

– Que bizarro.

– Mas eu não me lembro direito. Pode ser que eu tenha confundido tudo.

– Sei como é.

– Mas onde foi que você se meteu? Aquele seu amigo ligou aqui faz uns meses, parecia preocupado. Paulo. Disse que você tinha sumido.

– Pois é. Viajei um pouco.

– Ele parecia preocupado de verdade.

– Fui sem avisar porque do contrário ele não me deixaria ir. Sempre alguma coisa pra fazer.

– Entendi.

– Mas depois eu mandei um cartão-postal. Ele se acalmou. Espero que o senhor não tenha ficado...

– Ah, você é você. Marta disse que, se tivesse acontecido alguma coisa de ruim, a gente ia ficar sabendo rapidinho.

Ele sentiu um arrepio. Mentiu: – Não aconteceu nada, pai.

Lázaro sorriu, o copo parado junto à boca. – Logo vi, logo vi.

Tinham se livrado do fogão a lenha, ele só percebia agora. O freezer ocupara o lugar, junto à janela dos fundos. O forro e os azulejos brancos, as luzes mais fortes: a cozinha era outra. Três janelas em vez de duas, venezianas, descortinando as árvores lá fora, goiabeiras e aceroleiras, e, mais abaixo, num ponto impossível de ser vislumbrado desde a mesa, o córrego (a não ser que também tivessem dado um jeito nele).

– As coisas mudaram bastante por aqui.

– A gente terminou a reforma não faz muito tempo. Não vai me dizer que tem saudade daquele casarão caindo aos pedaços?

– Não. Só fiquei... surpreso, acho.

– Até pensei em manter o assoalho de madeira lá dentro, mas depois vi que era bobagem. Estava tão velho, rangendo feito o cão, que era impossível levantar à noite pra dar uma mijada sem acordar a casa inteira.

– Disso eu me lembro bem.

– Do assoalho?

– Do rangido. Eu sempre sabia quando alguém vinha. Dava tempo de esconder as revistas de sacanagem.

Ele tentava distinguir os traços do pai que conhecera um dia naquele rosto mastigado, gargarejado e cuspido pelo tempo. Nem era assim velho, 61 agora, dois a menos do que o avô (cuja vida fora incomparavelmente mais desregrada) tinha ao morrer. Sem que ele perguntasse, Lázaro começou a desfiar histórias da cidade, alguém dando o cano em um amigo, coisa mais feia, acho que você conhece os dois, e as novidades sobre os vizinhos e parentes mais próximos. A maioria tinha arrendado as terras e morrido ou vendido as terras e morrido ou morrido sem arrendar ou vender e agora os herdeiros se estapeavam pela partilha.

– Acho que só eu e o velho Aureliano. É, só nós dois mesmo. Mesma coisa de sempre.

– O pai do Jonas?

– Ele mesmo.

– Continua aqui do lado?

O pai sorriu, balançando a cabeça. – Do mesmo jeitim. A mulher morreu tem uns anos, mas ele continua lá. Não arrendou, não vendeu. Também, se vender ou arrendar, vai fazer o quê da vida? Ainda mais sozinho. Não pode parar pra pensar. Não dá pra parar. De jeito nenhum.

– Mas o senhor arrendou.

– Arrendei, mas tenho a Marta, a Simone... o Aureliano não tem mais ninguém, coitado. Sozinho.

– Pensei no Jonas outro dia.

– Muito triste, muito triste.

– O que vai ser da fazenda quando o velho morrer?
– Ele tem um irmão mais novo, acho que mora no Mato Grosso. Deve deixar as terras pra ele.
– Incrível que eles não tenham ido embora depois do que aconteceu.
– Como assim?
– Quando o Jonas se matou, eu achava que iam vender tudo e se arrancar daqui.
– E ir pra onde? Isso nunca me passou pela cabeça. E acho que eles também não pensaram nisso.

Cristiano se levantou e foi até a janela que dava para os fundos. Queria se certificar. Pensava em Jonas. Olhou na direção do córrego, que continuava lá embaixo, ao que parecia. Depois, tentou não pensar em nada.

– Parece meio cansado.
– É. Um pouco. – Respirou fundo, tomou um gole. Virou-se para o pai. – Eu me desliguei da política. Fiz um último serviço pro homem e achei que tinha chegado a hora de parar.

O velho deu um tapa na mesa. – Taí uma notícia boa.
– Na verdade, fiz um serviço depois do último. Um serviço que não devia ter feito, mas fiz. Agora, já era.
– Mas você saiu?
– Saí. De vez.
– Livre?

Encarou o pai. Por um milésimo de segundo, cogitou contar tudo. Depois pensou na besteira que isso seria. Entre eles, passados todos esses anos, não havia qualquer cumplicidade. No máximo, a lembrança daquela outra vida. Ou daquelas outras vidas: com a mãe e, depois, sem ela. Duas vidas deixadas lá atrás. Encaixotadas. Pai e filho, mas. O velho reencarnou noutra relação, um segundo casamento, a filha, coisas que talvez o tivessem salvado de si, da lembrança da morta e do próprio filho que errava por aí, à sombra de uma máquina a respeito da qual ele não sabia porcaria nenhuma e nem queria saber. Seria bobagem conversar com ele acerca disso, sobre o que acontecera em Anápolis. Romperia a ligação, mesmo precária, que ainda existia entre os dois. Não traria paz de espírito a Cristiano e devastaria Lázaro. O filho assassino, neto de estuprador. Criminosos.

– Livre, pai – ele disse, olhando para o fundo do copo. – Livre, sim.

– E tá pensando em fazer o quê?

Voltou à mesa e se sentou. Colocou mais um pouco de cerveja no copo. Bebeu. O pai o fitava com interesse.

– Tenho algum dinheiro que economizei. Isso me dá algum tempo. Por ora, pensei em descansar um pouco e decidir com calma.

– Você tem o seu diploma. E tem a fazenda.

– A fazenda é sua, pai. E eu nunca tive jeito pra lidar com ela.

– Interesse. Você nunca teve interesse.

– Dá no mesmo. Além disso, tem a Marta e a Simone.

– Que diabo isso quer dizer?

– Eu não vou me meter no que é delas.

– É tão seu quanto delas.

– Eu abri mão faz muito tempo. A fazenda ia pro saco em dois tempos se eu...

Rindo, o velho se levantou e buscou outra cerveja, abriu, completou os copos. – O povo aí matando e morrendo por causa de terra – disse, pousando a garrafa na mesa. – E você abrindo mão.

Cristiano encolheu os ombros. Abrindo mão, sim.

– Você sabe, pode ficar aqui o tempo que quiser – disse Lázaro, sentando-se de novo. Tomou um gole. – Desde que a sua mãe morreu, você age e fala como se aqui não fosse a sua casa. Age e fala como se fosse um estrangeiro, como se estivesse só de passagem. Desde que a Maria morreu. Menino, ainda. Desde aquele tempo. E, pela conversa do seu amigo Paulo, essa história de sumir por uns tempos, parece que você faz a mesma coisa lá em Goiânia. A mesma coisinha. Some e aparece. Flutua por aí, feito a porcaria dum fantasma. É um troço que eu custei a entender. Que até hoje eu não entendi, pra ser bem franco. Eu achava que não tinha conseguido te criar direito, ser um bom pai.

– O senhor conseguiu, sim.

– Acho que eu fui um pai. Às vezes bom, às vezes nem tanto, mas um pai. Quando você se formou e foi trabalhar com aquela gente, se meter com política, eu fiquei um pouco decepcionado. Eu sei o que acontece. Ou imagino, pelo menos. Tentei te dizer, conversar, mas nunca consegui. Mas acho que não ia adiantar muito. Você nunca ouve ninguém. É cabeça-dura, igualzinho o seu avô. Mas o seu avô nunca se meteu com política.

– Ele se meteu foi com a polícia algumas vezes. – Cristiano estava rindo, e Lázaro o acompanhou.

– Como dizia a sua avó, aquele velho ficava por aí fazendo feiura. Coitada. Sofreu o diabo na mão dele.

– Mas ele tocava a fazenda direito, pelo menos.

– Bem melhor que eu – disse, e virou o copo de cerveja. – Enfim. Agora, só posso ficar feliz que você tenha saído.

– Devia ter saído antes.

– Importa que saiu. E que está pensando em fazer outra coisa da vida.

Cristiano concordou com a cabeça. A sorte que eu tenho. Não deixa de ser um conforto. Agora isso, depois aquilo. Ir e vir. Daqui pra lá, de lá pra cá. Solto por aí.

– O senhor pensou nisso? Lá atrás?

– Pensei no quê?

– Fazer outra coisa da vida.

Lázaro pensou um pouco, coçando o queixo mal barbeado.

– Eu gostava do Direito. Se você procurar saber, minhas notas eram boas. Eu tive essa vontade, sim. Fazer outra coisa. Advogar ou prestar um concurso, também me agradava a ideia de ser promotor. Mas o seu avô precisou de mim aqui. Ele envelheceu depressa. Envelheceu mal. Muita bebida, muita putaria. A cabeça dele... Então eu peguei o meu diploma, joguei numa gaveta e vim fazer o que se esperava de mim. E acabei gostando, não vou mentir. Logo conheci a sua mãe. A gente namorou por um bom tempo, casou. Teve você. Então, sim, eu pensei em fazer outra coisa, mas não me chateia o rumo que a vida tomou. Por quê?

Balançou a cabeça. – Por nada. Curiosidade.

Foram dar uma volta pelo terreiro. Ziguezaguearam por entre as árvores, olhando ao redor, para baixo, o chão, a terra úmida, quando entrevista nas falhas do tapete de folhas e frutos apodrecidos, machucados. A noite estava bem próxima. Desceram à meialuz até o córrego. Era o mesmo e não era, claro. Alguns metros dele cobertos por uma densa vegetação, os galhos das árvores debruçados sobre a margem e parte da água. Cristiano costumava se esconder ali quando criança; deitado na areia, cochilava ao som da água que corria a um braço de distância. Era uma faixa de areia escura de uns dois metros por três, se tanto, escondida do mundo, o lugar a que o avô arrastara a filha do caseiro e outras tantas. Quando chovia muito, ficava submersa, os galhos mergulhados no córrego, como se tivessem perdido alguma coisa e procurassem lá dentro.

De volta à cozinha, Lázaro disse: – A Marta foi à cidade, mas já deve estar voltando. Vou pedir pra ela fazer uma janta. Quer tomar um banho? Descansar um pouco? Seu quarto continua no mesmo lugar.

    Cristiano atravessou a casa, sala de TV, corredor, sala de estar, saiu pela porta da frente e caminhou até o carro. Quase noite agora. Pegou a mala que deixara no banco traseiro, depois olhou ao redor e respirou fundo. O céu estava escuro logo acima de sua cabeça e avermelhado no horizonte, um vermelho meio sujo. Imaginou uma divindade pagã atraindo o sol para detrás das montanhas e o degolando lentamente, com uma lâmina cega. O muro de adobe que margeava um pedaço da propriedade também não existia mais. A história é que fora erguido pelos escravos. Mesmo quando era criança, ele se lembrou, restava apenas um pedaço, a alguns metros daquela mangueira, passando por onde agora estava a garagem e dali até o começo do terreno. Ele se sentava no muro e lia gibis. Era um muro baixo e carrancudo, que originalmente circundava o casarão, o primeiro, derrubado pelo avô tão logo adquirira as terras, mais de meio século antes. Não gostava da localização da casa e optara por construir outra, abaixo da mangueira em vez de ao lado, num terreno um pouco mais plano. Por algum motivo, quando da construção, deixara parte do muro intacta. A nova casa era aquela em que Cristiano crescera, que Lázaro reformara e, havia pouco, os dois sentados à mesa da cozinha, dissera ser dele também. Não sentia que fosse, embora não duvidasse da sinceridade do pai. O que faria se assumisse a fazenda? Talvez desfizesse o que o pai e o avô fizeram, colocasse abaixo a nova casa e reconstruísse a original, ou construísse outra mais ou menos por ali. Quanto ao velho muro de adobe, entretanto, não haveria nada que pudesse fazer. O muro erguido pelos negros, quase dois séculos atrás. Erguido e depois derrubado, como se não fosse importante, ou devesse ser esquecido. Um muro velho e inútil. Seus restos. Os restos de um muro circundando uma casa que não estava mais lá, que já não existia, que fora derrubada. Balançou a cabeça, sorrindo com tristeza. Colocar abaixo, erguer. Reformar. Coisas desfeitas e feitas e refeitas para ocupar o tempo, mas que também o sinalizam. Olhou uma última vez na direção do horizonte. Em seguida, fechou a porta do carro e voltou para dentro da casa.

A ossuda mão esquerda de Marta empunhou uma faca e descascou e picou duas cebolas enormes que a direita segurava. Depois, juntas, temperaram pedaços de contrafilé cortados em cubos e manusearam, alternadamente, uma enorme colher de pau ao refogar o arroz. Também lidaram com folhas de alface e tomates-cereja sob a torneira aberta da pia e no escorredor e na travessa onde temperaram a salada com sal, azeite e vinagre. Enquanto isso, Lázaro e Cristiano, sentados ao outro extremo da mesa, palmilhavam uma conversa cujo avanço era entremeado por silêncios, um carro muito velho a engasgar ladeira acima ou coisa parecida, e não porque houvesse algum mal-estar, era apenas o jeito deles, ela sabia, o modo de comunicar espelhando a convivência errática que tiveram desde sempre. Marta olhava para o enteado com um interesse genuíno; lembrava-se do menino entristecido, sempre pelos cantos, e do adolescente sisudo, trancado no quarto com um livro ou fora, na cidade, enchendo a cara com meia dúzia de orelhas secas que, pelo menos, ele tivera a decência de jamais trazer àquela casa. Nos dez anos em que viveram sob o mesmo teto, antes que ele se mudasse para Goiânia a fim de prosseguir com os estudos e progressivamente rareasse suas visitas, Cristiano sempre lhe parecera distante e alheio e, depois, apenas distante, a presença quase invisível nas festas de fim de ano e nos feriados prolongados, respondendo com educação, mas monossilabicamente, quando lhe perguntavam alguma coisa, qualquer coisa, sobre os estudos, o futuro, o passado, a vida, o tempo, o nada. Aos 23, recém-casada com um viúvo dezessete anos mais velho, Marta não encontrou meios de se aproximar do menino e preencher, um pouco que fosse, o lugar deixado pela mãe, e isso a afligiu por um tempo, tão novo, ainda, e quieto, até perceber que nada que fizesse os tornaria próximos ou cúmplices, que a distância não era entre ela e o enteado, mas entre o enteado e todo o resto, todas as pessoas, sem exceção. Portanto, jamais houve ternura e tampouco animosidade entre Cristiano e Marta, mas uma distância respeitosa, pavimentada com o nascimento de Simone. Com a meia-irmã, ele era atencioso na medida em que ela demandasse alguma atenção, solícito quando e se ela lhe pedisse algo, e invisível na maior parte do tempo. Contudo, olhando para ele agora, ouvindo-o conversar com o pai, notou uma mudança difusa, algo que não conseguia identificar com clareza, que não parecia o sinal de uma proximidade inédita, nada tão radical, mas, aqui e ali, era como se entrevisse o aceno de uma presença menos fantasmagórica. Algo acontecera com ele, algo lhe martelara e fincara os dois pés no chão, impossibilitando-o de flutuar. Mas que diabo seria? Talvez fosse a idade, mais um pouco e chegaria aos trinta, uma crisezinha existencial, ou não, Cristiano sempre pareceu ter plena consciência do que era e tinha, nada e nada, não se importando muito com isso, ou fingindo não se importar, e indiferente ao que poderia ter ou construir, foda-se o diploma, foda-se a fazenda. Ou talvez estivesse em vias de ser pai, o tipo de coisa que, em geral, demanda uma mudança de atitude, um repensar das prioridades, um reajustamento, um reordenamento, uma estabilização da vida, mesmo que ele não tivesse a intenção de se casar (não tinha sequer namorada, até onde ela sabia), um filho exige ou exigiria que ele se desfantasmagorizasse, pés no chão, e aceitasse as responsabilidades, cadê o meu diploma?, cadê a fazenda? Ou talvez tivesse sofrido uma doença grave, não sumira por uns tempos?, meses e meses fora, sabe-se lá onde e aprontando o quê, dizem que quase morrer é uma experiência das mais significativas, algo transformador, nascer de novo, um reinício, o que é que eu estava fazendo da minha vida? Ou talvez tivesse matado alguém. Marta sorriu com essa última possibilidade. O que seria mais extremo em se tratando de Cristiano? A paternidade ou um homicídio?

– E o que é que você tem feito? – perguntou, a carne chiando na frigideira.

– Largou a política – Lázaro atalhou.

– Verdade?

– Verdade – respondeu Cristiano.

– E agora? – Olhava por sobre o ombro esquerdo. A luz caía sobre os homens do outro lado do cômodo com uma qualidade líquida, a conversa submersa, lerda. – Vai ficar aqui com a gente?

– Por uns dias, sim. Se você não se importar.

– Você é bem-vindo pelo tempo que quiser. – Sincera. Ele agradeceu com um aceno de cabeça. – A casa também é sua, afinal.

– A gente conversou sobre isso antes de você chegar, mas ele nunca achou que o lugar dele fosse aqui – disse Lázaro, os olhos meio caídos, a voz pastosa. O tom chistoso-acervejado não impediu que a frase pesasse um pouco mais do que ele talvez quisesse. Cristiano encolheu os ombros, depois virou o copo de cerveja. O pai fez a mesma coisa. Abriram outra garrafa. Era a nona.

Comeram entremeando as garfadas com comentários aleatórios, às vezes relembrando e se referindo a uns fatos quaisquer, dispersos, sem uma ordem específica, atravessando as lembranças e os causos com uma gratuidade meio bêbada.

O dia em que Cristiano ganhou uma japona e foi com ela à missa e, entre o carro e a igreja, caminhando ao lado do pai, lembrava Lázaro, tropeçou e caiu como que em câmera lenta, lutando inutilmente para tirar as mãos dos bolsos, as mãos presas ali, e aparar a queda, o corte na testa, a vergonha.

A tristeza naquela manhã em que, na escola, todos souberam do suicídio de Jonas.

O escândalo recente envolvendo a mulher de um comerciante, dono de uma loja de tecidos, e um funcionário do Banco do Brasil, os dois flagrados na saída de um motel em Goiânia por um vereador (que nunca explicou o que fazia por ali).

O acidente com dois ex-colegas de escola de Cristiano, voltando bêbados de Caldas Novas, no Carnaval passado, você não soube?, o carro ignorando uma curva e capotando em meio à soja, alta noite, o passageiro atirado para fora, não usava cinto de segurança, o motorista ali esmigalhado, irreconhecível.

A noite em que Lázaro e Cristiano foram lá fora ver o Halley.

Cristiano elogiou a comida, depois olhou para a madrasta. As mãos, com seus dedos longos, manchados e finos, contrastavam com a pele moreno-clara muito bem cuidada, o rosto liso, os cabelos castanhos e cheios, os olhos limpos de quem parecia encarar o mundo com descomplicação. Era bonita, mais do que a predecessora fora um dia, tão alta quanto Lázaro, o corpo vistoso, bem-feito, a bunda redonda e firme, mesmo agora, aos 44 anos. Vestia-se com simplicidade, e isso desde sempre, jeans, camisas, vestidos despojados, e tinha a conversa lenta, num tom de voz agradável que a permitia, inclusive, referir-se ao que quer que estivesse inflamando as línguas dos silvanienses sem, contudo, soar maldosa ou sequer parecer que tomava parte da fofoca; ainda que repetisse e comentasse histórias como a da mulher do comerciante, evitava, a todo custo, a adjetivação excessiva, os floreios que eventualmente resultariam na baixeza das ofensas, como se apreciasse a essência narrativa da coisa, o alinhavamento dos fatos, quem fez o quê, com quem e por quê, e as consequências disso, prescindindo dos juízos de caráter e de valor ou considerando-os inúteis e contraproducentes. Por exemplo, chamar a adúltera de "piranha" (como muitos faziam) não acrescentava nada à história, ou pior, reduzia, acanalhava e desviava o foco do que realmente interessava: o material humano intrínseco à coisa, o que havia ali de patético, doloroso, mesquinho, bonito, corajoso, covarde, verdadeiro, grandioso, vívido, triste. Não por acaso, Marta era uma leitora contumaz de romances, e de todos os tipos, de Turguêniev a Danielle Steel, passando por Henry James, Stephen King, Eça, Sidney Sheldon e Updike, os volumes se acumulavam nas estantes da sala de estar, e volta e meia ela levava uma caixa cheia deles e doava à biblioteca municipal. Se, por algum tempo, Cristiano também se viu contaminado por esse hábito, na adolescência e até os vinte e poucos anos, talvez se devesse à presença massiva dos livros em casa, coisa inédita até então, e da visão frequente da madrasta à mesa da cozinha ou refestelada no sofá com um volume aberto à frente dos olhos, absorta. De fato, as poucas conversas mais longas que tinham eram relacionadas aos livros, e o único segredo mantido entre os dois no decorrer de todos aqueles anos dizia respeito a um romance de Harold Robbins que ela o deixara ler aos treze, mas não fica passeando com isso por aí, seu pai vai me encher o saco, e não porque Lázaro fosse familiarizado com a prosa do autor, nunca se interessara por romances e coisas do tipo, preferindo os filmes, o futebol e os enlatados televisivos, nacionais e estrangeiros, mas a imagem na capa (uma morena com os cabelos e a camisa molhada, a bunda arrebitada como se esperasse por uma boa-nova) e o título (*Piranhas*) deixavam poucas dúvidas quanto ao conteúdo.

– O que você tem lido, Cristiano?

Ele levava um pedaço de carne à boca, parou o garfo a meio caminho e sorriu, sem graça. – Pois é. Não abro um livro faz um tempão.

– Mas você lia tanto.

– Verdade. Acho que perdi isso – abocanhou a carne, afinal, e mastigou lentamente, engoliu. – Ainda leio a Bíblia, às vezes.

– Minha irmã ia te adorar – ela sorriu.
– Acho que é mais pela força do hábito.
– Aquela freira gostava muito de você – disse Lázaro. – Qual era o nome dela mesmo? Magra, alta?
– Luzia?
– Isso. Ela está por aqui. Ficou uns anos fora, acho que em Goiânia, depois voltou pra cá.
– Ela gostava de mim, mas depois gostou menos porque eu não fiz primeira comunhão, crisma, nada... Você falou da sua irmã?...
– Lembra dela? Aparecida? Bem mais velha do que eu?
– Mas a Cida tem a minha idade – Lázaro gargalhou.
Marta fez uma careta e também riu. – Enfim. É com ela que a Simone está morando em Goiânia.
– Trabalhava na Emater?
– Ela mesma. Mas se aposentou. Começou a frequentar uma dessas neopentecostais e agora parece que não faz outra coisa na vida.
– Mas ela não é chata nem nada – disse Lázaro. – Não fica chamando os outros pra ir no culto, falando o tempo todo de Jesus e do diabo, nada desse tipo.
– Eu não disse que ficou chata. Mas ela passa o dia todo na igreja.
– Ela se mantém ocupada. Só isso.
– É. Acho que sim.
– E o que é que ela faz lá o dia inteiro? – Cristiano perguntou.
– Ah, você sabe, elas têm um desses grupos, ficam arrecadando coisas, recebendo doações, organizando o bazar...
– E a Simone?
– Na faculdade. Arquitetura. Desde quando vocês?...

– Tem quase dois anos. Desde aquele Natal. Acho até que foi quando ela prestou vestibular.

– Foi. Foi mesmo. E vocês moram na mesma cidade. Que é Goiânia, não São Paulo ou a Cidade do México.

– Eu sei. Sou relapso.

Marta alcançou a garrafa de cerveja e o serviu. Sorria.

– Só estou te enchendo o saco. Mas ela vai adorar te ver.

– Eu também.

– Disse que chega sábado de manhã.

Os três foram para a varanda após o jantar. Noite escura, sem lua. Lázaro falou sobre como ampliariam e iluminariam o jardim. Talvez também iluminassem até a saída da fazenda, oitocentos metros desde a estrada.

– Ficou boa a reforma – disse Cristiano.

O pai e a madrasta dividiam um mesmo cigarro, sentados lado a lado, olhando para o breu à frente como se já enxergassem as luzes e o jardim ampliado e tudo o mais. Cristiano estava em pé, à direita do pai, encostado na parede. Fingia também olhar adiante, mas, segurando o copo engordurado à altura do peito, sentia o cheiro da cerveja e não via ou antevia nada. Ouvia o vento se contorcendo no escuro, debatendo-se por entre as árvores. Como se procurasse um rumo. Como se também não enxergasse coisa alguma.

– Aproveitando que está aqui – disse Marta, os olhos ainda lançados adiante, no breu –, bem que você podia me fazer um favor.

As coisas trazidas aleatoriamente pela conversa à mesa do jantar se interpuseram entre Cristiano e o sono. Deitado na cama, a mesma cama de outros tempos, aqueles tão falhamente evocados, percorreu de novo alguns dos tópicos da conversa, procurando se aproximar do que assinalavam, fosse o que fosse.

Era a mãe quem o acompanhava naquela noite em que, orgulhoso da japona, descuidou-se da calçada maltratada da rua José Delfino (foram visitar uma prima da mãe na Cel. Vicente Miguel e deixaram o carro por lá, optando por caminhar uns poucos quarteirões até a igreja), tropeçou e deu com a testa no chão. A mãe se abaixou de imediato, trazendo-o para junto de si, virando o corpo enrijecido pelo susto, assoprando a testa que inchava, o corte deitando sangue, ele agora sentado na calçada, afinal livrando as mãos dos bolsos da japona. Era a mãe, embora Lázaro tivesse se colocado no lugar dela ao relembrar o acontecido, quem ia com ele para a missa, o pai restringia as idas à igreja a datas festivas (Páscoa, Natal) e fúnebres (missas de corpo presente, missas de sétimo dia), e aquela não era uma data fúnebre ou festiva, mas um domingo qualquer, em que Lázaro permanecera em casa, sentado diante da TV, as pernas esticadas. A mãe, ela o levantou. Voltaram ao carro, foram ao hospital, o ferimento limpo, dois pontos, o médico sorrindo e dizendo que podia ser pior, você podia ter caído de boca e arruinado os dentes, os lábios, o nariz, seria bem pior, muito mais doído, mas você foi esperto, não foi, o rapazinho mais corajoso e esperto que eu já vi, muito esperto, muito corajoso. Não voltaria a usar a japona; os respingos de sangue a inutilizaram.

Soube do suicídio de Jonas no pátio da escola, em pleno recreio. Os colegas de sala, quatro ou cinco deles, formavam uma roda e falavam de futebol, quando outro se aproximou, o elo eletrificado de uma corrente que tinha estourado lá dentro, nos corredores, olhos arregalados, perguntando se estavam sabendo. Sabendo do quê? A notícia de um suicídio não era incomum na cidade. As pessoas se matavam com certa frequência em Silvânia. Mas, exceto por um parente da mãe (um tiro no peito ao descobrir que o filho da esposa era de outro) e pela professora do jardim de infância (ensinara Cristiano a colorir com menos força e mais precisão) (ela se enforcara com um cinto amarrado à grade da janela do quarto, coisa muito comentada, muitos julgavam impossível se enforcar daquela maneira, a uma altura tão baixa, as pernas dobradas, os joelhos quase tocando o chão), ninguém assim próximo de Cristiano integrava, até então, as estatísticas. Ele ficou em silêncio, os braços cruzados, enquanto os colegas comentavam que, em se tratando de Jonas, louco como era, um troço daqueles era até esperado.

O vereador teria dito que a mulher do dono da loja de tecidos sorria feito uma puta (Cristiano tentou imaginar o traço distintivo do sorriso de uma puta, sem sucesso) ao deixar o motel com o funcionário do Banco do Brasil, no carro dele, em plena luz do dia. Segundo Marta, ela fora expulsa de casa e, não tendo outra opção, vivia de novo com a mãe, em Pires do Rio. O dono da loja de tecidos teria dito que mataria o funcionário do Banco do Brasil, mas este, a despeito das ameaças do marido traído e dos comentários e risinhos e gozações das outras pessoas, levava a vida de sempre, atendendo os correntistas das 10 às 15, jogando futebol às terças e quintas (era um zagueiro relapso que eventualmente fazia jogadas desleais, como se machucar alguém aliviasse o tédio etílico daquelas peladas) e bebendo cerveja de terça a domingo, na AABB e em outros locais, às vezes sozinho, às vezes acompanhado, mas sempre em grande quantidade.

O carro capotou. Estava a uma velocidade absurda, disseram, e capotou em algum lugar entre Caldas e Vianópolis, os dois ocupantes mortos ali mesmo, um deles atirado para fora, noite adentro, o outro esmigalhado ao volante, o peito afundado, uma das pernas seccionadas. Ex-colegas de escola de Cristiano. Mesas de boteco, também. Mas não os encontrava ou falava com eles havia dez anos. O carro ganhando vida e se insurgindo contra as mãos bêbadas que o conduziam.

Lázaro e Cristiano caminharam estrada acima e depois entraram no pasto. A noite estava muito clara. O pai apontou para o céu, um ponto específico, e disse que o cometa era aquilo lá, está vendo? Bem ali? Cristiano olhou, mas não conseguiu divisar nada. Estrelas, pontos brilhantes, mas qual deles era o Halley? Está vendo?, o pai perguntou, braço ainda esticado. Cristiano sentiu vergonha e disse que sim, estava vendo. É bem bonito, pai. Bem bonito mesmo.

Deitado ali no escuro, estendido na velha cama de solteiro, sem que tivesse um corte aberto na testa, sem que estivesse à beira do córrego e prestes a se matar, sem que fosse um marido corneado ou a mulher exposta e alijada de casa e da cidade ou o reles bancário em sua vidinha alcoolicamente sufocada ou o vereador ansioso por *ver* e *contar*, sem que fosse atirado para fora de um carro que capotava ou destroçado dentro do veículo, com o veículo, sem que olhasse para o céu estrelado, na esperança de testemunhar um evento cósmico e não visse nada além do mesmo céu de todas as noites, Cristiano levou as mãos ao rosto e sentiu e pensou que cairia no choro, mas isso não aconteceu. Ficou ouvindo o vento lá fora, e era como se as árvores caminhassem ao redor da casa, velhas e pesarosas.

SEXTA-FEIRA

Glória era a única tia materna de Cristiano, mas, com a morte da mãe, ele se esquivara de visitá-la por um bom tempo. A semelhança entre as duas irmãs era assustadora – as feições, os gestos, as formas rechonchudas, o modo como cruzavam masculinamente as pernas, como riam, os cabelos cacheados e mantidos à altura do ombro, jamais tingidos, jamais escovados. Nos anos seguintes ao falecimento da mãe e durante a maior parte da adolescência, Cristiano sentia um mal-estar tremendo, uma dor aguda que parecia lhe esfarelar os ossos e deixá-lo como um amontoado de carne que só não se desmanchava e restava no chão, disformemente empilhado, por força de algum milagre, todas as vezes em que via Glória. Isso dificultava as coisas para ele. Sentia-se culpado, pois notava o quanto a tia, sobretudo nos primeiros anos, ficava chateada com esse distanciamento. Teria sido mais fácil, por exemplo, se passasse os dias da semana com ela, na cidade, em vez de insistir em permanecer na fazenda com o pai, acordar todos os dias de madrugada e pegar um dos ônibus disponibilizados pela prefeitura para transportar os estudantes que viviam na zona rural, os veículos caindo aos pedaços. Alegando a pequena distância entre a fazenda e Silvânia, sete quilômetros até o trevo, ele dissera ao pai não haver necessidade de passar a semana na cidade, por mais que a tia Glória fosse tão boa com ele, e que acordar cedo para pegar o ônibus não era problema, pelo contrário, ele adorava caminhar até a estrada lá em cima, ao alvorecer, e esperar que o monstrengo metálico, àquela altura já alimentado por duas dezenas de crianças e adolescentes que viviam mais adiante, apontasse na curva, a lataria estridulando, os pneus carecas mascando e sendo mascados pelo cascalho, e então desacelerasse e parasse, a porta aberta num soco, o motorista cumprimentando Cristiano, perguntando pelo pai enquanto fechava a porta, outro soco, o interior ridente e empoeirado, o sono afastado aos berros, alguns tentando estudar para uma prova qualquer ou fazer (copiar) um dever de casa, o ônibus voltando a acelerar e Cristiano avançando pelo corredor e se sentando no primeiro banco vazio que encontrava. Ele também dissera ao pai que não queria deixá-lo sozinho na fazenda.

– A gente precisa ficar junto. Não é?

Glória não se casara ou tivera filhos e vivia sozinha na casa que um dia fora da mãe de Lázaro, Donana, outra mulher solitária, esquecida ali pelo marido a fim de que ele, livre, pudesse se imiscuir em quantas rachas quisesse. Donana falecera aos 48 anos, quando Cristiano ainda era um bebê, no mesmo dia em que assassinaram John Lennon, um acidente doméstico dos mais estúpidos: lavava a área dos fundos, um escorregão, a cabeça indo de encontro à quina do fogão a lenha, e adeus. Doze anos mais velho, seu Chico a colhera adolescente da casa dos pais para uma vida conjugal que se resumiria a duas alegrias (Lázaro, Cristiano) e inúmeras humilhações. Católica praticante, jamais lhe ocorreu pedir a separação, coisa que o velho Chico cederia sem problemas, pois não frequentava a igreja desde o Natal de 1932 e a cama da mulher desde 26 de junho de 1968, quando, bêbado, montou nela a fim de, supostamente, presenteá-la pelo aniversário de 36 anos (ela não se sentiu presenteada, contudo: na manhã seguinte, pediu que ele nunca mais a tocasse, ao que o homem deu de ombros, quem sai perdendo é você, e, a partir daí, ao visitá-la, ele se limitava a deixar dinheiro para as despesas e perguntar como estava Lázaro, àquela altura vivendo em Goiânia, numa pensão no centro da cidade, e cursando Direito na Federal). Mas, a rigor, tendo em vista os hábitos desregrados, a despreocupação luxuriosa, a indiscrição e a falta de respeito com que ele a tratava, eles não viviam como marido e mulher desde 1953, o corno invadindo uma festa de aniversário, Lázaro completava cinco anos, dois tiros para o alto e o revólver apontado para as fuças de seu Chico, vou te matar, desgracento!, a mão trêmula, mais xingamentos, vou te matar e depois vou matar aquela puta, indícios de que faltava coragem para puxar o gatilho mais uma vez, os quais foram confirmados a seguir, o pobre-diabo correndo, aos berros, para fora da casa, ainda xingando, e o corneador sorrindo, aliviado (e seria a mulher desse infeliz, uma costureira desbocada, uma perdida, segundo o juízo de seus concidadãos, quem depois sairia espalhando pela cidade que o tal do Chico, sim, era uma boa foda). O curioso foi que, na ocasião, ele ainda teve a delicadeza de negar tudo para Donana, que, envergonhada, pediu desculpas aos convidados, pegou o assustado aniversariante pela mão e se trancou com ele no quarto. Por aqueles dias, seu Chico decidiu que seria melhor para todo mundo ("Pras suas putas também?") que ele passasse mais tempo na fazenda, havia muito o que fazer, muito trabalho, e o humor da mulher, sabe-se lá por quê, andava impossível. Donana compreendeu que, apesar de tudo e dadas as circunstâncias, aquele era o arranjo possível e o único que ela conseguiria suportar. Os cornos que fossem passar fogo nele lá no meio do mato, longe dos olhos do filho pequeno.

Como, à altura da morte da mãe, Lázaro já estivesse à frente da fazenda havia oito anos e vivesse por lá com a mulher, o filho recém-nascido e o pai, ele e Maria decidiram ceder a casa de Donana para Glória, que, até então, alugava o que mais parecia um casebre lá onde a rua Aprígio José de Souza estertorava, à sombra do muro do colégio das freiras, vivendo sozinha desde que a irmã caçula se casara, dois anos antes, e a mãe delas morrera, meses após o casamento, vitimada não por um acidente doméstico, como a outra avó de Cristiano, mas por uma excruciante e prolongada doença terminal (todos se lembravam de Glória, exausta, comentando com Lázaro em pleno velório que escorregar e dar com a cabeça na quina de um fogão a lenha não é das piores coisas que podem acontecer a um ser humano, com o que o cunhado, fitando o corpo mirrado no caixão, concordou).

A casa ficava na rua Senador Canedo, a uns duzentos metros da Igreja do Rosário. Datava do final da década de 1930, quando a igreja ainda sequer começara a ser construída. Tinha um alpendre estreito, uma enorme porta de madeira, dois quartos espaçosos, dois banheiros (um deles do lado de fora, na área de serviço em que Donana morrera), sala e cozinha. As reformas sofridas no decorrer dos anos não alterariam a disposição dos cômodos, exceto por uma ampliação da área de serviço e pela construção do segundo banheiro. Seu Chico a comprou em 1947, ao se casar, pagando um valor relativamente baixo porque uma sobrinha do antigo proprietário se enforcara no quintal (havia ali uma jabuticabeira, arrancada e queimada antes que a casa fosse colocada à venda). Logo que se mudou, recém-casada, Donana chamou primeiro uma benzedeira, que percorreu todos os cômodos e o quintal, e depois o padre e algumas beatas, o rosário ecoando pela casa inteira.

Glória mantinha uma pequena horta no quintal. Depois de regá-la, gostava de se sentar ali fora com um livro, esticar as pernas e acender um cigarro. Quando tocaram a campainha, terminava um conto de Poe. Leu a última sentença, abriu um sorriso maroto, atirou o cigarro no fundo do quintal e foi atender à porta.

Lázaro e Cristiano se sentaram à mesa de madeira enquanto Glória passava um café. Lázaro se lembrava bem daquela velha mesa, das horas e horas debruçado nela, quando menino, concentrado nos deveres. Ao se mudar, havia quase trinta anos, Glória instalara um freezer, a geladeira, uns armários e o fogão elétrico por ali, transformando a área de serviço numa cozinha e a cozinha propriamente dita numa pequena biblioteca, com escrivaninha e três estantes abarrotadas de livros. A pia continuava lá dentro, atrás da escrivaninha, deslocada, estranhando os móveis e livros ao redor. Lázaro insistira para que ela desse um jeito de instalar a pia ali fora ou mudasse a biblioteca para um dos quartos, mas, Glória retrucara, o quarto era muito escuro e abafado e os moradores seguintes por certo restituirão à cozinha o seu status original, para alívio da pia, de tal modo que era melhor deixá-la onde estava.

Ela serviu café e biscoitos de queijo e se sentou cruzando as pernas. Envelhecera bastante desde a última vez em que Cristiano a vira. Vestia uma bermuda jeans preta e uma camiseta surrada em que se lia "Campanha da Fraternidade 2004 – Água, fonte de vida". Os cabelos estavam presos. Parecia um homem velho e imberbe, com um passado hippie mal resolvido.

– E você, meu filho? Como é que vai?
– Tranquilo, tia.
– Está com uma cara.
– Estou?
– O que foi que roubaram de você? – Abriu um sorriso escarnecedor. A mãe também costumava oferecer desses sorrisos. Idênticos. A foto tirada em um Natal, ele se lembrou. As irmãs lado a lado, clicadas contra a vontade. Sorrindo daquela maneira. – Ou será que foi você mesmo que jogou fora?

Ao passar pela cozinha-biblioteca, ele vira sobre a escrivaninha uma Bíblia aberta no *Salmo 32*. Devolveu: – A senhora lendo a Bíblia?

Ela riu. – Lecionei a vida inteira numa cidadezinha que tem dois colégios salesianos, fora o Marista. O que você esperava?

Lázaro comentou alguma coisa sobre o assunto do momento na cidade, os dois amigos ou ex-amigos, uma sociedade desfeita, um deles deixado a sós com a dívida e o outro providencialmente se ausentando do estado. – Uma crocodilagem sem tamanho.

– O que as pessoas fazem com seu dinheiro – Glória retrucou – é tão íntimo quanto o que elas fazem umas com as outras, vocês sabem quando.

– Também acho – disse Cristiano.

– Além disso, como é que todo mundo sabe tantos detalhes dessa história? Um deles correu pro Sul e o outro só tem saído de casa pra ir ao banco, de cabeça baixa e sem dar assunto para ninguém. Quem é que toma conhecimento dos detalhezinhos sórdidos, então? Quem é que espalha? Aposto que é aquele gerente asqueroso. Está sempre ali na Mário Ferreira, depois do expediente, bebendo uma cervejinha e falando pelos cotovelos. Uma coisa dessas não é ilegal? Imoral eu sei que é.

– As pessoas falam, Glória. É o que elas sabem fazer por aqui.
– Falam, falam mesmo, mas todo mundo tem mais o que fazer, até quem acha que não. Falam quando deviam se ocupar de outras coisas. Não é por acaso que a merda dessa cidade parou no tempo. Quer mais biscoito? Vou pegar.
– Não precisa, tia.
– Come mais. Fiz dois tabuleiros ontem. O queijo ia perder.
– Já comi muito.
– Mas vocês vão levar um pouco. Faço uma trouxinha. A Simone vem amanhã, Lázaro? Toma mais café, pelo menos.
– Vem, sim. Chega de manhã.
– A Marta me pediu pra vir...
– É claro que pediu. Não está aí largado, de férias?
– Pois é.
– É uma menina muito boa.
– Obrigado.
– Obrigado por quê? Ela puxou a mãe – o mesmo riso solto.
– E o Cristiano aqui puxou a Maria.
– E o que é que sobra pra mim, cunhada?
– Café. Põe mais café aí nessa xícara.
– A senhora queria ter ido embora, tia?
– Ele me perguntou a mesma coisa ontem.
– Embora pra onde?
– Não sei.

Ela suspirou e se serviu de mais café. Olhou para uma teia de aranha no teto. – Não é uma pergunta muito fácil.
– Eu sei. Tenho pensado nisso.
– Você foi embora quando bem entendeu.
– Pois é.

Aquele sorriso. Ela tomou um gole de café, depois piscou para Lázaro, que balançava a cabeça, sorrindo.

– Certo. Eu queria ter ido embora? Talvez. Em algum momento. Sim. Isso me passou pela cabeça. Mas não posso reclamar da vida que tive. Nunca me faltaram saúde, teto, trabalho, nunca me faltou nada.

– A senhora nunca gostou daqui.

– Verdade. Não gosto dessa cidade, nunca gostei. E agora sou mais uma dessas velhas largadas que moram sozinhas. Pelo menos não tenho gato nem descuido demais da aparência. E sempre recebo visitas, né? – O mesmo sorriso sardônico.

Cristiano não se lembrava da última vez em que estivera naquela casa. Fazia uns três anos, no mínimo. No Natal, havia quase dois, Glória fora para a fazenda, a mesa posta, todos ao redor, primos distantes, vizinhos, falando ao mesmo tempo.

Do que é que se lembrava, então?

A mão direita em seu ombro enquanto desciam o caixão. Glória o sustivera ali, as pernas bambeando. Ele se lembrava muito bem disso. A mulher ao lado, em silêncio – era o melhor. Glória não se abaixara e lhe dissera que tivesse força, que ajudasse o pai, que rezasse pela mãe, que fosse um bom menino.

Glória não lhe dissera nada. Jamais.

Um abraço ao chegar e, depois, no momento final, a mão em seu ombro quando ele parecia prestes a cair de joelhos na terra enlameada.

A silenciosa mão no ombro: aquilo, sim, foi consolador. Mais do que qualquer coisa que lhe dissessem.

– Sabe, quando eu me formei – ela continuou –, até me passou pela cabeça ir embora, estudar mais, prestar concurso noutro lugar. Mas isso acabou não acontecendo. Vocês sabem como foi, conhecem a história. Aquele noivado, a doença da minha mãe. Depois, não sei, acho que essa vontade se perdeu. Fui ficando. A vida é mais fácil quando você vai ficando.

Cristiano sabia, conhecia a história, ou parte dela. O então namorado dela, noivo, filho de dono de cerâmica. Júnior. Dono de cerâmica era grande coisa por ali. Costumava ser. Elite silvaniense.

– Eu queria prosseguir com os estudos, fazer a vida em Anápolis, Goiânia ou mesmo Brasília, uma colega de faculdade dizia maravilhas sobre o DF, você precisa vir pra cá, não dá pra se enterrar aí no interior. Mas ele resistia. Júnior. Coitado.

A vida deles era ali, teria que ser, Silvânia é o nosso lugar, é aqui que eu quero criar os nossos filhos, é aqui que eu quero viver, que eu quero que a gente viva. As ruas escuras (ela não falou, mas se lembrou com um arrepio), o carro estacionado num ermo qualquer. As mãos, os dedos. Não quer mais se casar comigo? Não quer ser minha mulher? Não me ama? Não quer ficar comigo? A língua. Não tem nada que preste lá fora, ficou louca? Nosso lugar é aqui. Nossa terra.

– E eu fiquei, escolhi ficar. Fui cuidar da vida, dar aula. Vocês sabem do resto.

O resto: quando tudo parecia certo, ela conformada em ficar, conformada com o que escolhera, o casamento marcado, o noivo foi acampar com uns amigos, um feriado, todos de cara cheia, e morreu afogado no rio Preto, um mergulho malsucedido, a cabeça batendo numa pedra, o corpo rodopiando na corredeira, desacordado, até encalhar metros e metros abaixo, num banco de areia. Morto. Glória não fora com eles, uma pilha de provas para corrigir.

– Mas – ela disse, abrindo seu melhor sorriso de velha doida que mora sozinha –, não sei, talvez eu esteja ficando assim amarga, é a idade, mas acho que, aqui ou fora, Silvânia, Goiânia, Brasília, Smolensk, acho que é tudo a mesmíssima bosta.

No entanto, havia coisas que ela nunca contara a ninguém. Coisas que, descobertas logo após a morte de Júnior, ganharam uma dimensão enorme e jamais deixaram de acompanhá-la. Uma segunda sombra tomando o lugar da primeira e arrastando Glória, seu corpo, pela vida afora. Ela estava cansada. Olhando para o sobrinho, percebeu o cansaço dele. As sombras imbricadas. Talvez possamos conversar. Queria te contar uma coisa.

Lázaro se espreguiçou e disse que precisava cortar os cabelos.
— Fica aqui com a sua tia? Te busco em meia hora.
— Pode ser.
Depois que ele saiu, Glória acendeu um Marlboro e ficou olhando para o fundo do quintal. Depois, fitou o sobrinho.
— Largou mesmo aquela vida?
— Larguei. Meu velho ficou feliz.
— Eu notei. Nunca entendi essa indisposição dele. É uma vida como qualquer outra.
— Não sei, tia. Não sei mesmo.
— Todo mundo faz merda. Todo mundo faz coisas de que se arrepende. Coisas ruins. Coisas horríveis. Todo mundo rouba alguma coisa, machuca alguém. Era uma vida como qualquer outra, sim.
Ele a encarou. Soltou quase sem pensar: — Todo mundo mata alguém?
Não teve tempo de se surpreender com o que dissera: ela sorriu não apenas como se soubesse de tudo, nos mínimos detalhes, uma terceira e invisível presença naquele quarto de hotel, mas também como se não desse a mínima.
— Todo mundo machuca alguém — repetiu.
Cristiano não se lembrava de, em algum momento de sua vida adulta, estar sozinho com a tia, conversando sobre o que quer que fosse. Mas a despreocupação com que Glória falava com ele tornava aquilo inesperadamente natural. Um desses momentos. As circunstâncias me trouxeram até aqui e nada disso foi, não pode ter sido por acaso. Certo? Certo.

– Por que está sorrindo desse jeito estranho? – ela perguntou.
– Nada. É que os últimos dias foram bem malucos. Para dizer pouco.
– Queria te contar uma coisa. Sinto que posso.
– É claro que pode.

Eu também queria te contar uma coisa, ele pensou, mas não disse. Por que diria? Ela parecia saber de tudo. A terceira presença, a presença invisível. O que a senhora tem para contar que eu não tenho? As sombras imbricadas. Ela se ajeitou na cadeira. Ele fez o mesmo. Atenção. Vai começar.

– Não foi um acidente. Ele se matou, o Júnior. Aquele filho de uma puta.
– Como assim?
– Vou te contar porque já passou muito tempo e isso não importa mais. Ou importa menos. Tantos anos. Bem menos. Vou te contar porque eu sei que você nunca vai comentar isso com ninguém e talvez, não sei, parece que está passando por um momento complicado e a história talvez lhe sirva pralguma coisa. Eu confio em você. Vou te contar porque eu nunca contei pra ninguém e porque, apesar de tudo, eu sempre me senti muito próxima de você, talvez por ser tão parecido com a minha irmã.

Ele não se achava parecido com a mãe. Mas não convivera com ela o bastante para achar o que quer que fosse. Não tiveram tempo. – Você nunca contou pra ela?
– Não. Eu não estava pronta.
– Entendo.
– O Júnior era um moleque mimado. Mas eu gostava dele. Bastante. A gente se dava bem. Eu queria mesmo me casar, as famílias se gostavam, isso é muito importante por aqui, você sabe. Era, pelo menos. Costumava ser. Enfim. Eu me formei e daí veio aquela vontade de fazer a vida fora. Achava que ele ia me apoiar.

Queria ir para Brasília, prestar concurso, como te falei agorinha. Daí conversei com ele. Já estávamos noivos, sabe? Por que eu fiquei tão surpresa? Óbvio que a opinião dele era de que a gente devia continuar aqui, sair era uma loucura, meu sogro contava com ele, tinha responsabilidades com a família, com os negócios da família, com toda essa merda. Filho único. Tentou me convencer, e foi se desesperando quando percebeu que não conseguiria. Eu ia embora, com ou sem ele. Já tinha decidido. Coitado. Chorava, esperneava. Dava murros nas paredes, no painel do carro, na mesa, nas pernas. Era um moleque mimado. Mas gostava mesmo de mim.

– Não foi uma escolha, então.

– Como?

– A senhora nunca escolheu ficar aqui.

– Não, eu nunca escolhi – a voz tremeu um pouco. Ela deu uma tragada. Deixou a fumaça sair pelas narinas, devagar. – Veio aquele feriado e as coisas estavam muito malparadas. Quer dizer, estava bem claro pra mim que o jeito era romper o noivado, encerrar esse capítulo e seguir em frente. Ele sabia disso. A gente se encontrou na véspera do feriado, tentou fingir que estava tudo bem, mas era só um adiamento. A conversa final, definitiva, não ia demorar. Daí ele reuniu os amigos, comprou um mundo de bebidas e foi pro rio Preto. E eu não tinha prova pra corrigir, nada disso. Fiquei porque não queria ir. Quando ele voltar, pensei, eu termino. Quando ele voltar.

A fumaça do cigarro espiralava até o teto. Cristiano pensou na avó paterna, o escorregão fatal. Ali mesmo, naquela área de serviço depois transformada em cozinha. Ele não sabia exatamente como e quando a avó materna morrera. Em algum momento entre o casamento dos pais e seu nascimento. Já estava doente no casamento, a figura maltratada pela doença, ele se lembrava das fotos. Tentando sorrir. Duas avós e a mãe. Eu vim para matar todas as mulheres da família. Quase todas. Do avô materno nunca tivera muitas informações, exceto que morrera novo, um acidente de trator, o troço virando sobre ele. Vocês estão aqui? Flutuando ao redor? Ouvindo essa história? A fumaça e os fantasmas espiralando. Sim, até o teto.

 – E então veio a notícia – disse Glória. – Alguém batendo palmas. Minha mãe atendeu, depois veio falar comigo. Eu estava na cozinha, tinha passado um café. Lia um livro. Ela parou do meu lado, eu ali distraída, passou as mãos nos meus cabelos. Que foi, mãe? Que cara é essa? Ela desandou a chorar.

 As mães e suas más notícias. Cristiano se lembrou de quando ela veio lhe dizer que não estava se sentindo bem e que o pai a levaria ao hospital, a tia Glória vai ficar com você, quero que se comporte. A mulher suava, trêmula. O rosto se contorcia de dor. Ele jamais sentira tanto medo. Que foi, mãe? Fala comigo. Tenho que ir, filhinho. Daqui a pouco eu volto. Ou você vai lá me visitar, tá bom? Mas não deve ser nada sério. É só uma dorzinha chata aqui na barriga. Se comporta. Glória parada logo atrás, no rosto uma expressão das piores. O que tá acontecendo, tia? Calma, querido. Não deve ser nada sério.

 – Eu me senti muito mal, é claro, mas, não vou mentir pra você, passado o choque inicial, uma parte de mim ficou aliviada. Eu poderia ir embora sem ter de passar pelo rompimento, as famílias, o constrangimento, toda essa merda. Ele morreu. Eu ia embora. Ninguém ia achar estranho, pelo contrário. Seria até compreensível. Ela perdeu o noivo, é justo que tente fazer a vida noutro lugar. Corajosa. Você sabe como funciona a cabeça dessa gente. Houve o velório, a missa, o enterro. Fui pra casa e me tranquei no quarto. Eu estava exausta. Deitei e dormi. Acordei de madrugada, acho que tive um pesadelo, não lembro direito. Sei que me levantei e fui ao banheiro, jogar um pouco de água no rosto. Enquanto me enxugava, olhei pro cesto de roupa suja e vi a camisa que eu vestia na última vez em que tinha estado com ele. Me sentei ali no chão. Era uma camisa xadrez, ele sempre me enchia o saco, dizia que era roupa de homem. Peguei e cheirei. O cheiro ainda estava nela. O cheiro dele. Comecei a chorar. Foi um choro diferente, só meu. Antes, no velório, na igreja, no cemitério, eu chorei de verdade, é claro, mas era como se fosse um choro também pros outros... entende? Então, eu notei algo no bolso da camisa. Era um pedaço de papel, assim dobrado. Eu abri. Um bilhete dele. A porcaria de um bilhete pegajoso. Não consigo viver sem você. A vida não faz sentido. Não quero continuar vivendo. Era um bilhete de suicida. Aquela letra horrível dele, toda torta, cheia de garranchos. Filho de uma puta.

– Mas... como é que ele sabia que a senhora só ia encontrar o bilhete depois que...?

– Aí é que está. O ridículo da coisa. Acho que ele esperava que eu encontrasse antes, na outra noite. Que eu me sentisse pressionada e mudasse de ideia e fosse correndo até ele. Como eu não fiz isso, porque não vi a merda do bilhete, e como eu não faria de um jeito ou de outro, ele foi acampar, encheu o rabo de cachaça e deu no que deu.

– Então foi mesmo um acidente, tia.

Glória negou com a cabeça.

– Ele acampava naquele trecho do rio desde moleque. Adorava. Queria ir pra lá em tudo que era feriado. Conhecia aquilo como a palma da mão. Sempre que ia, enchia a cara. Ou seja, não. O Júnior não ia se acidentar ali, não importando o quanto tivesse bebido. A cachaça deu foi coragem pra ele. A coragem e a estupidez que esse tipo de coisa exige. Ele escolheu o lugar e pulou. No raso. Nas pedras. Pulou com tudo, de cabeça.

Ela engoliu o choro, levou o cigarro à boca. Estava no fim. Apagou na xícara, o chiado; ainda um resto de café. Acendeu outro Marlboro, tragou olhando para o teto. Vocês estão aqui?

– Minha mãe morreu pouco tempo depois. Foi mais ou menos na época em que a minha irmã soube que estava grávida de você. Lutava contra a doença fazia um tempão. Era internada, saía. Daí foi internada de novo e todo mundo pressentiu que a hora tinha chegado. Maria ainda foi lá contar da gravidez. A velha morreu com essa boa notícia. Se bem que é triste ela não ter tido tempo pra te conhecer, né?

Cristiano sentiu um arrepio. Eu vim para matar as mulheres da família.

– Nada me prendia aqui. Mas não consegui ir embora. Ainda falava nisso. Fazia planos em voz alta. Um concurso aqui, outro acolá. Cheia de ideias, a vida inteira pela frente. Mas não consegui ir embora. Simplesmente não consegui. Fui ficando. Fiquei.

Quando o pai buzinou lá fora, Cristiano duvidou por um segundo de que conseguiria se colocar em pé. Foi observando a tia fazer isso, e sem quaisquer dificuldades, espelhando o gesto dela, que ele se levantou. Eles se abraçaram com força e em silêncio, depois ela o acompanhou até lá fora, tocando de leve as suas costas, com a ponta dos dedos, como se o empurrasse ou apoiasse, ou as duas coisas.

SÁBADO

Fazia sol quando ele saiu rumo à cidade. A estrada fora amaciada por uma chuva rápida, horas antes, e o carro avançava sem levantar muita poeira. Marta insistira para que ele usasse a Silverado, você está me fazendo um favor, não seja teimoso, mas Cristiano dirigia o seu próprio carro. Em princípio, não havia nada que justificasse essa teimosia. Enquanto tracejava pela estrada de terra, o carro gingando um pouco, ele pensou que sempre tinha a ver com a possibilidade da fuga. As coisas pareciam bem aparadas, o telejornal matutino não trouxera qualquer menção ao acontecido, não era um crime que comovesse a opinião pública e demandasse atualizações constantes, posicionamentos, pronunciamentos e uma investigação rápida, não era nada disso, mas, e se ele estivesse errado? E se já soubessem de tudo? E se já estivessem no seu encalço? E se ele precisasse fugir? Seria melhor que estivesse em seu próprio carro, com boa parte do dinheiro guardada ali mesmo, no porta-luvas, sob a Bíblia, e uma muda de roupas numa sacola no banco traseiro. Nunca se sabe.

Passou pelo trevo e iniciou a descida, o Aprendizado Marista à direita e, depois, à esquerda, o Cristo Redentor, então os trilhos, a estação e, lá embaixo, de novo, a cidade. Acelerou e logo passava pela entrada do Ginásio Anchieta, o fórum à esquerda, avenida Dom Bosco adentro, o asfalto pessimamente cuidado, o casario descompensado, uns rostos familiares que, no entanto, não conseguia ligar a quaisquer nomes. No dia anterior, ao circular com o pai, notara aqueles acenos tímidos, chegara até a retribuir alguns, mas ninguém se aproximara, puxando conversa, era como se tivesse ido embora havia décadas e até mesmo a curiosidade, uma das pedras fundamentais do lugar, fosse intimidada pela sua presença deslocada, alheia (se é que algum daqueles acenos fosse mesmo endereçado a ele).

A rodoviária ficava lá embaixo, vizinha ao cemitério, que, em algum momento, nos mais de 200 anos de existência da cidade, antes Arraial do Bonfim, depois Bonfim e finalmente Silvânia, estivera (provavelmente) em seu limite (da cidade), mas que, agora, com o *progresso*, com o *crescimento*, estava encravado ali no meio e não parecia ter muito mais espaço para crescer. No Dia do Juízo, pensou Cristiano, os mortos acordariam no centro da cidade, ao lado da rodoviária, onde poderiam alcançar um ônibus que os levasse dali para o julgamento. *O mar devolveu os mortos que nele jaziam, a Morte e o Hades entregaram os mortos que neles estavam, e cada um foi julgado conforme a sua conduta.*

(Onde ficava o cemitério de Anápolis? Ele não se lembrava.)

Ele estacionou atrás da rodoviária. A delegacia de polícia do outro lado da rua, a porta escancarada, uma viatura junto ao meio-fio, ninguém à vista. Volta e meia, ele se lembrava, colocavam algum detento para lavar o carro do delegado ou de algum agente. Ainda faziam isso? Balde, mangueira, sabão, cera, vai ficar um pouco lá fora, tomar um sol, que tal? Detentos felizes. Cristiano caminhou até as plataformas de embarque, passando pelos guichês. Os bancos estavam vazios. Não havia táxis no ponto. Algum movimento na lanchonete, contudo. Estava dez minutos adiantado, e era provável que o ônibus atrasasse um pouco. Foi até o balcão. No outro extremo, dois sujeitos sujos de graxa, um deles com os cabelos encaracolados e totalmente brancos, o outro, um negro enorme e de cabeça raspada, riam sem parar, no que eram assistidos pelo balconista que, muito sério, servia-lhes duas doses de Velho Barreiro em copos americanos àquela altura muito suados. Eram dez e pouco da manhã. O balconista recolocou a garrafa na prateleira e, vendo Cristiano, sorriu com certo alívio e se afastou dos outros dois.

– Um café, por favor.

– Puro?

– Puro.

Enquanto servia, resmungou: – Fizeram uma piada que não entendi e agora ficam rindo desse jeito. Parece que tão rindo da minha cara.

E estavam. – Uma piada com você? – perguntou, colocando uma nota de dois reais sobre o balcão. O sujeito empurrou o copo com café pela metade na direção dele. Fumegava. – Dá moral pra isso, não.

Ele era muito pálido e usava uma velha camisa de linho branco e uns óculos modernosos cujas armações quadradas não casavam bem com o rosto redondo. Cristiano se lembrou dele, mas não de seu nome. Foram colegas de sala em algum ano do colegial, primeiro ou segundo, e ele não era apenas balconista, mas um dos donos do lugar. Estava muito nervoso.

– Dois filhosdaputa – vociferou, fechando a boca da garrafa térmica como se estrangulasse um gato de rua. – Quer mais alguma coisa?

– Não, só o café mesmo.

Respirou fundo, chacoalhando a garrafa térmica. O gato estava morto. – Tem tempo que não aparece.

– Tem mesmo.

Era o que tinham para dizer um ao outro. Toda a conversa. Todos esses anos.

Cristiano tomou um gole do café. Muito quente, recém-passado. E doce demais. Fez uma careta que não tentou disfarçar.

Os sujeitos gritavam do outro lado, queriam mais cachaça e duas coxinhas. O cabeça branca suava e estava tão vermelho que parecia prestes a enfartar. Cristiano também se lembrava dele. Uma oficina de carros em algum lugar, lá para os lados do fórum. O outro trabalhava com ele. Naquela manhã de sábado, não pareciam ter coisa melhor para fazer além de rebater o porre da noite anterior, as panças coladas no balcão e os dentes à vista. Tomou o resto do café e foi ao banheiro.

Meia-luz. Azulejos encardidos. O cheiro combinado de mijo, merda, vômito e água sanitária. O chão estava limpo, no entanto. Cristiano ignorou os mictórios e entrou no último reservado, encostando a porta (não tinha trinco). O papel higiênico estava encaixado na alavanca da janela. A privada era uma boca aberta no chão; a água refletia seu rosto. *Vi então os mortos, grandes e pequenos, em pé diante do trono, e abriram-se os livros.* Mirou no olho direito e o mijo fez com que o reflexo se transformasse noutra coisa, monstruosa. Abriu a porta rangente e saiu do reservado enquanto a descarga ainda rugia. Lavou as mãos e enxaguou o rosto. Não havia espelho. Não havia toalha de papel. Saiu chacoalhando as mãos no vazio.

Sentado num dos bancos, viu os mecânicos se despedirem do pobre coitado que azucrinavam e rumar para os fundos, o carro deles também estacionado lá atrás. A plataforma não estava mais deserta. Nos outros bancos, um casal muito jovem, uma velha com uma menina, um sujeito folheando um exemplar d'*A Voz*, o jornal local. O ônibus não demoraria. Cristiano esticou as pernas e bocejou.

O comércio e as residências ao redor da rodoviária não se distinguiam do banheiro desta em seu encardimento. Ele pensou na obscuridade e nas privadas boquiabertas no chão, e também nos dois mecânicos pinguços, comprometidos com a ressaca que tentavam abreviar, mas só conseguiam eternizar. A cidade era uma Jerusalém sem a possibilidade do Messias. Sem a possibilidade passada ou futura, ou passada *e* futura. Gratuita, sem razão de ser. Sem a certeza de Sua vinda pretérita e/ou a promessa de sua chegada (ou de seu retorno) futura(o). Silvânia se contrapunha a qualquer escatologia.

Um bloco de cimento encardido, e só.

Lembrou-se de como Silvia achava estranho que ele sentisse e pensasse e dissesse esse tipo de coisa sobre a cidade natal. Que espécie de pessoa diz um troço desses sobre o lugar de onde saiu? Paulo achava engraçado. O lugar de onde eu saí. Um bloco de cimento e merda. Qualquer lugar.

O ônibus estacionou numa das primeiras vagas da plataforma com um gemido ferruginoso. Cristiano se levantou e caminhou até lá, pensando na carcaça que o transportava para a escola todas as manhãs, alguns bancos soltos, janelas emperradas, os buracos no assoalho. Parou a alguns metros da porta que se abriu, braços cruzados.

Simone desceu logo.

Carregava uma mochila e tinha os cabelos desarrumados e a expressão amassada de quem dormira os oitenta quilômetros desde a capital. A camisa xadrez amarrotada estava com um dos botões, na altura do umbigo, aberto. Desceu olhando ao redor, a mochila nas costas e o celular numa das mãos. Olhou para o telefone, deu alguns passos na direção de Cristiano, mas era como se não o visse ou reconhecesse. Dois anos é muito tempo, ele pensou. Simone procurava pelo pai ou pela mãe.

Olhou para ela.

O rosto fino de Marta e os cabelos cheios como os de Lázaro, como os dele próprio, se os deixasse crescer. Era bonita aos 19, mas seria, talvez, menos bonita aos 29, quando o rosto encovasse um pouco e o nariz chamasse a atenção para si. A salvação desse cenário sombrio, contudo, ele pensava agora, ela tão próxima que poderia tocá-la sem esticar o braço, talvez estivesse na boca, em que os dentes e os lábios desenhados à perfeição sugeriam a eterna iminência de um sorriso que, no entanto, não parecia disposta a vender facilmente; era uma boca tão grande e bonita que não só desculpava o nariz como chegava a torná-lo interessante. O nariz de Marta era bem menor, mas, em compensação, não obstante os dentes bem cuidados (apesar dos cigarros), sua boca era ordinária, os lábios retos, pouco carnudos, um sorriso comum. A boca de Simone prometia, por sua vez e pelo seu próprio desenho, algo de intenso e anormal.

– Vai ter que se virar comigo hoje.
– Porra! Cristiano?

Um meio abraço e um beijo no rosto, o desconforto se misturando à surpresa. Ele tomou a mochila e disse que o carro estava do outro lado.

– Quase *pisei* em você e não te vi, acredita?
– Não mudei tanto.
– Nem sei. Faz um tempinho, né?

Fazia, sim. E, pensando agora, era estranho que nunca tivessem se encontrado em Goiânia desde que, no começo do ano anterior, ela se mudara. O pai tinha sugerido algo nesse sentido numa das raras vezes em que se falaram por telefone. Sua irmã está por aí. Por que não liga para ela? Por que não se veem? Cristiano se lembrou de anotar o telefone em algum lugar e até pensava na meia-irmã de vez em quando, em ligar para ela, combinar um chope, um cinema, mas a imagem que lhe vinha à cabeça era da menina magra e de pernas longas, os cabelos revoltos, solta na fazenda feito um bicho, descalça, falando besteira com os peões, reclamando do clima, dos estudos, da louça que a mãe a obrigava a lavar, tomando cerveja do copo do pai, pedindo cigarros à mãe, furtando cigarros da mãe, fumando lá embaixo, na beira do córrego. Ele acabou não ligando, não a procurando, e agora, sem que ligasse ou procurasse, ali estava, ao seu lado, não a menina espichada e endiabrada, mas uma mulher em seus dezenove anos, calçada, as mesmas pernas longas encimadas, contudo, por um quadril formado, um traseiro pequeno e bem-feito, e uns seios que pareciam proporcionais ao esquema geral do que os antigos companheiros de boteco de Cristiano catalogariam como "falsa magra". Lamentou não ter ligado para ela no decorrer do ano anterior, e ter evitado as festas de fim de ano e outros feriados desde aquela última vez, as desculpas esfarrapadas, a preguiça, entregue a um isolamento crescente e, pensou agora, muito pouco saudável, sob qualquer ponto de vista (ou quase).

– Que carro é?

– Aquele Palio branco.

– Me espera lá. Tenho que mijar.

A falta de cerimônia não o surpreendeu. A mesma garota voluntariosa de que se lembrava, tomando todo o espaço possível, gargalhando alto, às vezes falando com rispidez, soltando palavrões, no que era muito parecida com o avô paterno, de quem, não por acaso, adorava as histórias mais escabrosas que conseguia desenterrar, fosse de Lázaro, quando indefensavelmente bêbado, fosse dos peões mais velhos.

Cristiano colocou a mochila no banco traseiro e esperou sentado ao volante. Simone veio olhando alguma coisa no celular, digitando com as duas mãos, a boca naquela iminência do sorriso que só veio quando ela se acomodou no carro e olhou para ele.

– Prontim.

– Fez o que tinha que fazer?
– Com graça e leveza.
– Como é possível mijar com graça e leveza?
Ela gargalhou. – Vai por mim, a não ser que a pessoa esteja doente ou chapada, não é difícil.
– Acho que você tem razão.
Desembocaram à frente da delegacia, no que ele dobrou à esquerda uma vez, seguindo pela praça, e de novo, passando na frente do cemitério.
– Me diz uma coisa – pediu.
– Digo.
– Como é o banheiro feminino ali na rodoviária?
Ela gargalhou outra vez. – Que diabo de pergunta é essa?
– As privadas são daquelas que ficam no chão?
– Acho que, por definição, privadas são as que ficam no chão. Vasos sanitários são vasos sanitários. Privadas são privadas.
– É o que estou perguntando. O banheiro feminino tem vasos ou privadas?
Ela se endireitou no banco, limpando a garganta. – Certo, certo. O banheiro feminino da nossa distinta rodoviária dispõe de vasos sanitários com assentos de plástico que, embora desconfortáveis, são melhores do que a dura realidade da cerâmica nua e fria.
– O banheiro masculino tem privadas. Ainda.
– Mas isso é realmente terrível. Espero que você não esteja com algum desarranjo e, enquanto me esperava, teve de se submeter a qualquer espécie de acocoramento constrangido e desgracioso por ali. Eu me sentiria culpada. Eu jamais me perdoaria por isso.
Foi a vez dele gargalhar. Não se lembrava dessa espirituosidade. Não se lembrava, não sabia de muita coisa, percebia agora.

– Não, não. Fiz uso das instalações, mas não me rebaixei dessa forma.
– Número um.
– E só.
– Aposto que devia ter vasos nos dois banheiros. Aposto que os contribuintes pagaram por isso. E aposto que alguém embolsou a diferença, sabe como é?
– Privadas.
– Privadas.

Um dos mecânicos estava sentado à mesa de um boteco da avenida Dom Bosco, vizinho ao posto de gasolina. Cristiano viu a cabeça branca e o rosto empapuçado, mas não havia sinal do outro.

– Faz quanto tempo que não aparece?
– Quase dois anos.
– Desde aquele Natal, né?
– Desde aquele Natal.
– Nossa.
– Pois é.

Não havia o que dizer a esse respeito. Ele devia aparecer mais, e não aparecia. Devia ligar, e quase não ligava. Era o que era.

Ela colocou os pés descalços sobre o painel. As unhas estavam pintadas de preto. – Te incomoda? Essa sandália machuca meus pés. Te incomoda eu colocar os pés aqui?

– Não. Eu gosto dessa cor.

Um sorriso, aquele. Do tipo que ela não vendia facilmente.

– Bem. Você está aqui agora.
– Estou, sim. Não estou? Eu estou aqui.
– Ao que parece. Em Silvânia. Usando o banheiro da rodoviária. Dirigindo pela avenida Dom Bosco. Apreciando a vista. E papai deve estar feliz.
– Acho que ele gostou, sim.

– E mamãe. E eu.
– Você está?
– Estou, sim. Como não estaria? – O sorriso agora veio forçado, sarrista. – Mas o que é que está rolando? Férias?
Que ótimo ela não perguntar se estava fugindo, ou do quê.
– Mais ou menos. Eu parei de fazer o que fazia e estou dando um tempo antes de decidir o que fazer a partir de agora.
– Você fez Direito, né?
– Nunca exerci a profissão.
– Estou fazendo Arquitetura.
– Eu sei.
– E eu sei o que você fazia.
– Que era?
– Você trabalhava pros caras que embolsam a grana dos vasos sanitários. Não era?
Ele balançou a cabeça, sorrindo. Balançou negativamente, mas não era como se negasse alguma coisa. Já se aproximavam dos trilhos, o Cristo Redentor à direita, lá no alto. Braços abertos.
– É muito triste que esses caras nunca tenham de cagar agachados na vida – ela disse, meio rindo, meio séria.
– E cagar agachado forma caráter?
– Não forma, mas pode melhorar.
O dia agora estava nublado, mas a paisagem se tornou mais leve quando, passado o trevo, vencido o concreto, o carro avançou sobre a estrada de terra ladeada por lavouras.
– E como é que eles estão se virando sem você, hein?
– Muito bem, acho. Eu meio que virei um problema.
– Não diga.
– Digo, sim.
– Sendo assim, você vai me dizer por quê, não vai?
– Talvez – ele tentou sorrir, mas não houve como. Ela percebeu. – Um dia desses.

– Essa sandália machuca mesmo os pés. Tá vendo? – Apontou para um calo no dedo mínimo esquerdo e algumas marcas nos calcanhares. – A gente compra o troço e começa a usar. O troço está apertado, mas a gente acha que vai amaciar com o tempo, com o uso, sabe como é. Mas o que acontece?

– O troço não amacia.

– Exato. E o que acontece?

– Você insiste e continua usando.

– Aham. Porque o troço custou os olhos da cara. E porque eu sou teimosa pra caralho.

– E a dor não te incomoda?

– Incomoda. Claro que incomoda.

– Mas um pouco de dor também ajuda a formar caráter?

– Também, também.

– Dor no pé e cagar agachado.

– Isso, bem isso. – O riso desgovernado.

– O bom cristão sente dor no pé. O honesto cidadão caga agachado.

– Nossa, você ainda se lembra disso!

– Vinte anos desde que saí do Auxiliadora e essa merda não me sai da cabeça.

– Só não diz isso na frente da minha mãe, pelamor.

– Não se preocupe.

Ela se espreguiçou, ainda rindo um pouco. Estavam chegando. Ele diminuiu a velocidade. O verde ao redor parecia esmaecido, como se o tivessem colorido com um resto de tinta. Ele dobrou à esquerda e desceram pela alameda estreita, e logo a casa apareceu lá embaixo. Cristiano ainda estranhou a reforma.

Simone abraçou os pais, não os visitava havia três semanas, jogou um pouco de conversa fora, as aulas, a tia, ela disse que vem da próxima vez, faz tempo que não aparece, anda meio ocupada, sabe como é, perguntou à Marta se precisava de ajuda, não, filha, pode deixar, tudo sob controle, o cheiro está bom, mãe.
– Onde é que eu coloco a mochila? – Cristiano ainda estava parado à entrada da cozinha, a mochila dependurada no ombro.
– No seu quarto?
Voltou-se para ele. Estava próxima de Marta e do fogão, assuntando o que a mãe cozinhava. Lázaro enxaguava alguns talheres e copos, a pia meio atulhada, a louça do café da manhã. Os sons e cheiros, a atmosfera familiar lixando o coração de Cristiano como se faz com uma parede antes de pintá-la outra vez. Simone segurava um copo cheio d'água. Deu um gole e o deixou sobre a mesa, que contornou.
– Pode deixar que eu levo – estendeu a mão direita e, ao retirar a alça da mochila do ombro dele, foi como se o acariciasse até o meio do braço. Algo nele estremecendo. Foi muito rápido, mas ela percebeu. E sorriu antes de desaparecer casa adentro com a mochila, dizendo que precisava de um banho.
– Vou sair um pouco – disse Lázaro para ninguém em particular, enxugando as mãos com um pano de prato. Levantou os olhos para o filho e sorriu. – Deve chover mais tarde.
Foi com o pai e um dos peões dar uma olhada na lavoura, agora responsabilidade do arrendatário, um gaúcho de ascendência alemã que, segundo disseram, trabalhava feito louco e falava em comprar uns hectares mais ao norte, dali a uns anos, talvez

para os lados de Gurupi, onde o cunhado se estabelecera, ou mesmo Tocantins acima. Não encontraram o sujeito. Pararam a Silverado na beira da estrada e desceram. A lavoura assoviava com o vento. Um assovio verde, tranquilizador. Ainda faltava pouco mais de um mês para a colheita.

– Bonita – disse o peão, agachando-se por ali.
– Não sente saudade de lidar com ela, pai?
Lázaro balançou a cabeça, negando. – Vou te falar. Quando eu estava metido nisso, preocupado com um monte de coisas, banco, peão, chuva, praga, dormindo mal, acordando cedo, correndo daqui pra lá, não me lembro de ter parado uma vez sequer e olhado pra lavoura desse jeito.
– Com os olhos livres.
– Com os olhos livres.
– E que tal?
– Como ele disse, está bonita.

Restaram um bom tempo ali, quietos, como se procurassem ouvir a soja crescendo. Um homem veio pela estrada montado numa Caloi Barra Forte, pedalando sem a menor pressa. Parou ao lado deles e apeou. Aparentava uns sessenta e poucos anos e estava perfumado, gel nos cabelos, a camisa bem passada, as calças limpas. O chapéu de copa quadrada e as botinas eram novos.

– Dia.
– Tudo bem com o senhor?
– Graças a Deus, seu Lázaro.
– Onde é que é a festa?
O homem riu. – Aô! Inda não sei, não, senhor, mas tou indo descobrir.
– E já almoçou?
– Já, sim, senhor. Deitaram um frango caipira com arroz com pequi na mesa lá de casa que só vendo. Inté agora num parei de agradecer a muié. – Riu, acariciando a barriga.

— E ela, como é que vai?

— Vai em paz, graças a Deus, reclamando de tudo. Quando ela parar de reclamar, eu me preocupo.

— É e bem desse jeitim. — Riu o peão.

— Mas o que é que cês tanto óia acolá?

— Nada. — Lázaro encolheu os ombros. — A lavoura.

— Ah, então o senhor me dá licença que eu já vou indo porque num vi outra coisa a semana inteira.

— Vai com Deus.

— E o senhor fica co'Ele.

— E pra onde é que ele vai com essa pressa toda? — perguntou Cristiano quando homem e bicicleta já desapareciam, no mesmo ritmo preguiçoso, estrada acima.

— Deve tá indo lá no seu Aureliano — disse o peão.

— Isso é bom — disse Lázaro. — Fazer um pouco de companhia pro velho.

O peão acendeu um cigarro, a mão fechada em concha, protegendo o isqueiro que riscava.

— Me arranja um desses? — Lázaro pediu. — Esqueci o maço lá em casa.

O peão também ofereceu a Cristiano.

— Não fuma?

— Fumo não.

— Melhor coisa.

— Fumar ou não fumar?

— Uai. Fumar pra quem fuma, e não fumar pra quem não fuma.

— Deve ser. — Riu Cristiano. — Deve ser.

Olhou para o alto. O céu agora se tingia de um azul-escuro que, cedo ou tarde, as nuvens se formando ao norte, acabaria se traduzindo em mais chuva.

Quando voltaram, as duas já estavam à mesa, travessas, pratos e talheres ali dispostos, Marta fumando um cigarro enquanto comentava com a filha sobre a tal crocodilagem, amigos de infância, sócios, e agora um deles deixado só, ou nem isso: a dívida de vinte e poucos mil reais lhe fazendo companhia. Cristiano ouvira a história por cima no dia em que chegara, e sem prestar muita atenção; não se lembrava de nenhum dos envolvidos. O pai disse que era impossível que não os conhecesse, mais ou menos da sua idade, não pode ser.

– Eles são mais novos – disse Marta, as travessas circulando daqui para lá, arroz branco, feijão-tropeiro, lagarto recheado, salada de tomate. – O Marcos tem 24, por aí. O Glauco, acho que é um ano mais novo. E eles não estudaram no Auxiliadora, mas no Anchieta.

– Eu conheço os dois – disse Simone. – Mas o que foi que aconteceu?

Marta explicou que eles ficaram sócios, abririam uma loja de informática. A ideia era também vender computadores sob encomenda, montá-los e prestar uns servicinhos de manutenção.

– Marcos entende do riscado, estudou, fuça nesses troços desde moleque. Glauco ia ficar como gerente da loja. Alugaram uma sala comercial na 24 de outubro, reformaram, compraram mostruários, estantes, balcão, móveis, e o gerente viajou a Goiânia três ou quatro vezes para comprar o que depois revenderiam.

"Detalhe: comprar com uns cheques emprestados pelo sócio, e de um fornecedor específico, velho conhecido do Marcos, que faria uns preços camaradas.

"O gerente investiu um pouco na reforma, comprou umas latas de tinta, e o acerto era que, depois, quando o negócio estivesse funcionando, ele colocaria algum sempre que precisassem, para segurar as pontas até que entrassem no azul.

"O problema é que os dias foram passando e nada dos troços chegarem, sabe? A salinha estava quase pronta, Marcos já vinha até prestando uns serviços, mas nada dos produtos. Glauco botou a culpa no fornecedor, mas disse que ia resolver. Isso foi na sexta-feira da semana passada."

– E também teve um empréstimo – Lázaro atalhou.

– Pois é. No nome de um deles.

– Deixa eu adivinhar qual – disse Simone.

– Então, na segunda logo cedo, ligaram do banco pro Marcos – disse Marta. – Um cheque tinha voltado.

– Um cheque de trinta e sete reais.

– O rapaz foi ao banco e deu de cara com um saldo de treze reais e uns centavos. Os cheques que o Glauco tinha soltado na semana anterior eram de um valor muito acima do que eles tinham combinado e comeram o que havia na conta. E ainda faltava quase um talão inteiro pra cair.

– Ele tinha colocado dois talões na mão do sócio.

– E de onde vinham os cheques? Do fornecedor? – Simone perguntou.

– Que fornecedor?

– Vinham de tudo que era boteco da região e até dos puteiros, e também de agiotas, sabe como é? – Lázaro falava gesticulando com o garfo, um pedaço de lagarto espetado. – Ele descontou meia dúzia deles com agiotas. Marcos ligou pro fornecedor e teve de ouvir o sujeito perguntando quando é que eles iam fazer aquelas compras, não dava pra segurar os preços por muito mais tempo. Ou seja, o gerente não tinha comprado porcaria nenhuma, não tinha sequer dado as caras por lá. Não tinha feito nada além de torrar o dinheiro do outro.

– Mas que filho da puta.

– Pois é – Marta suspirou. – Marcos saiu do banco e foi correndo até a casa do fulano. Os pais dele juraram que só tinham descoberto o rolo na noite anterior, da boca do filho, que, segundo eles, estava muito arrependido, muito envergonhado.

– E onde é que ele estava?

– Tinha viajado naquele dia bem cedinho, pro interior do Paraná, disseram. Qual é mesmo o nome da cidade, Lázaro?

– Francisco Beltrão.

– Isso. Foi visitar uns parentes, ficar uns tempos por lá.

– Cabeça cheia. Precisando espairecer.

– E o Marcos, coitado, ainda perguntou, assim tremendo, se eles iam deixar ele na mão. Afinal de contas, era o filho deles que tinha feito o estrago. Filho único, temporão. Mimado. Os velhos ficaram calados, depois pediram mil desculpas e disseram que não podiam fazer nada. Mas fizeram questão de ressaltar que também estavam morrendo de vergonha.

Por algum tempo, ouviu-se apenas os talheres, como se guardassem um minuto de silêncio pela morte horrível do crédito bancário do pobre Marcos. Cristiano ainda pensava no que Glória comentara, a profusão pornográfica de detalhes, quem disse o quê e quando, os valores exatos, inclusive do saldo bancário de Marcos ao descobrir o rombo, como se vivessem numa cidade de brinquedo, cujas paredes vazadas permitissem que todos vissem e ouvissem todos, o tempo inteiro, sobretudo nas piores circunstâncias.

– Mas era uma sociedade meio torta, né? – disse Simone. – O cara entra com a expertise e o grosso do dinheiro enquanto o amiguinho fica pagando de gerente? Antes tivesse feito tudo sozinho e contratado um balconista.

— E o louco — Cristiano interveio pela primeira vez — é que todo mundo parece saber de cada detalhezinho da história. A cidade inteira. O cara anda na rua sabendo que todo mundo sabe que ele foi feito de otário pelo melhor amigo.

— E é um rapaz direito — disse Lázaro. — Foi ao banco, não correu, não enrolou, não ficou de conversa fiada ou esperando o outro voltar. Tomou pé e renegociou o prejuízo. A família fechou com ele, fazendo o que pode pra ajudar. Ele vai ficar bem. Vai sofrer um bocado, um bom tempo morrendo à prestação, essa gente não brinca, vocês sabem, mas vai ficar bem, sim.

— E o outro melhor ainda, lá no Sul — disse Marta.

Simone fez um muxoxo e, segurando o garfo a meio caminho da boca, um pedaço de tomate: — Deve estar abrindo um negócio por lá.

A ideia era descer em Silvânia, encontrar um boteco mais ou menos movimentado e beber algumas cervejas enquanto observavam a fauna com olhos espirituosos e um pouco maldosos. Mas, quando já estavam a caminho, Cristiano percebeu que não queria voltar àquele purgatório de que pensava ter se livrado havia tanto tempo, não em sua forma noturna, pelo menos, pois lhe desagradava a possibilidade de topar com conhecidos, bêbados ou meio bêbados, e conversar amenidades, dizer por onde andava e o que vinha fazendo, e ouvir por onde andavam e o que vinham fazendo os outros, não queria ouvir, pela enésima vez, a balada de Marcos e Glauco, respirar de novo aquele ar rarefeito que fatalmente o lançaria uns tantos anos no passado, não queria nada disso, de tal forma que, vencida a estrada de terra, no momento em que chegou ao trevo, em vez de rumar para Silvânia, dobrou à direita e seguiu pela rodovia cuja escuridade, naquela noite sem lua, parecia intransponível.

– Certo – disse Simone. – Temos um novo plano.

– Isso. Um novo plano. É o que temos.

– Que é?

– Prescindir do plano original.

– Entendi. Esquecer o plano original.

– Riscar o plano original.

– Arrancar a página, embolar, dar uns balõezinhos e jogar no lixo.

– Não quero voltar lá. Hoje, não. Quero ir pra outro lugar. Qualquer outro lugar.

– Vianópolis? Orizona?

– Vianópolis. Orizona.

– Mas, assim, não tem muita diferença, tem? Digo, entre Silvânia, Vianópolis, Orizona...

– Na verdade, se me permite explicar melhor...

– Eu permito.

– ... Tem uma diferença essencial. Ao menos para mim.

– Que é?

– Vianópolis não é Silvânia. Orizona não é Silvânia. Os rostos conhecidos, sabe?

Velhos rostos conhecidos. Velhas vozes familiares.

– E você não tem conhecidos em Vianópolis? Vinte quilômetros daqui até lá. Todo mundo vai a Vianópolis de vez em quando. Festa do Peão. Barraquinhas. Todo mundo circula daqui pra lá e de lá pra cá.

– É verdade. Mas as chances de encontros efusivos com colegas de infância e ex-parceiros de mesas de boteco são menores.

– Você quer fugir.

– Eu quero fugir.

– Desaparecer. Não ser visto.

– Exato. E, salvo por uma coincidência das mais irônicas, uma vez que não está rolando nada de atrativo em Vianópolis hoje, nada de Festa do Peão, nada de Festa do Divino, nada de nada, a chance de eu topar com alguém é relativamente pequena.

– Certo, maninho. Saquei. Se você quer brincar de foragido, vamos lá. Pra mim tanto faz.

O foragido esboçou um sorriso e acenou com a cabeça. Ela notou algo fora do lugar, a cabine subitamente despressurizada, o que foi que eu falei?, mas achou melhor não dizer mais nada. Acariciou a perna dele com a mão esquerda, depois o rosto, o braço e de novo o rosto. Ele suspirou. A pressurização foi quase imediata. Olhou para ela e desacorrentou o sorriso. Estava bonita. Uma saia preta, uma blusa vermelho-escura, os cabelos presos, a boca realçada por um batom discreto. Parecia à vontade, entregue ao novo plano, não se importando com a mudança de última hora, ainda que a ideia de sair tivesse vindo dela, no que foram incitados por Marta, isso, saiam mesmo, hoje é sábado, façam-me o favor. Ela se virou para ele e continuou a lhe acariciar o rosto e a orelha com a mão esquerda enquanto deixava a direita sobre a perna, alisando o jeans, bem devagar, por toda a extensão da coxa. Ele teve uma ereção. Ela ficou nisso por uns três minutos, a estrada escura mal devassada pelos faróis, um nada de asfalto visível, como se o mundo fosse criado enquanto avançavam, então respirou fundo e se ajeitou no banco. A mão esquerda, contudo, ela manteve no ombro dele.

– Ainda bem que você não tomou o rumo de Bulhões – ela riu, olhando para a frente.

O pau ainda estava duro. – E o que é que você tem contra a distinta cidade de Leopoldo de Bulhões?

– Nada. Nem penso em Bulhões, pra dizer a verdade.

– Pois eu tive uma experiência bem marcante e formadora de caráter naquela cidade.

– Jesus. Estou ouvindo.

– Quando a gente chegar a Vianópolis.

– Tá. Só me diz uma coisa: o exemplo é assim nojento ou escatológico?

Ele riu. – Claro que é. A gente tá falando de Bulhões, porra.

Exceto por um casal sentado a uma mesa lá dentro, o boteco na Praça 19 de Agosto estava vazio. Talvez houvesse, afinal, uma festa em andamento na região, em algum povoado da zona rural, no Esmeril ou no Engenho Velho, as pessoas adoravam esse tipo de coisa, e Cristiano achou ótimo que a cidade estivesse deserta.

Eles se sentaram a uma mesa na calçada, pediram uma Antarctica. Uma neblina rala camuflava, em parte, a praça vazia.
— Leopoldo de Bulhões, em algum momento do século passado — ela disse. — Estou ouvindo.
— Uma cachaça primeiro, não? — Acenando para o garçom.
— Friozinho. Velho Barreiro ou 51?
O garçom se aproximou e disse que eles também tinham uma cachaça fazendeira muito boa.
— Fazendeira então — ela decidiu. E, depois que o garçom trouxe o copo americano, uma dose e meia ali dentro, escura, oleosa: — Uma cachaça fazendeira. O que será que ela planta?

A noite vianopolina pedia, e eles logo sustinham outra dose e bebiam e depois uma terceira enquanto ele contava como, havia alguns anos, nos remotos dias da Copa do Mundo de 1998, uma terça-feira em que a Seleção Brasileira teria jogado contra o Marrocos e vencido por 3 a 0, eram seis pessoas socadas no Santana do pai de um deles, a caminho de Leopoldo de Bulhões porque a namorada daquele que dirigia teria prometido facilitar a vida de todos os que levasse consigo, incluindo Cristiano, espremido no banco traseiro, inafiançavelmente bêbado desde meados do primeiro tempo do jogo, e agora o quê?, meia-noite?, que diabo iam desenterrar em Bulhões àquela hora?, mas, de fato, quando deu por si, ele estava sentado num banco da praça Dom Bosco (porque era tarde e os botecos já estavam fechados), cercado por onze pessoas, cinco rapazes silvanienses (seis com ele), seus companheiros de estrada nos dezoito quilômetros que separam as duas cidades, 36 se contarmos também o retorno, e seis moçoilas leopoldinas alegremente chapadas e dependuradas no pescoço dos supracitados (incluindo no dele), cada qual segurando seu respectivo copo descartável repleto de vinho Sangue de Boi ou Quinado Elefante, que, no entanto, Cristiano mal conseguia be-

bericar, uma vez que a língua de sua acompanhante, uma cidadã enorme, de nome Tibéria, um piercing no nariz e (ela disse, ele ainda não tivera a chance de checar) outro na xota, ele se lembrava dela usar precisamente esse termo, *xota*, a língua de sua acompanhante passeava, esfomeada, pela sua (dele, Cristiano) boca, orelhas, pescoço, e todos ali se beijavam, seis casais formados & felizes, e alguns conseguiam beber e todos, em algum momento, vomitaram dentro de um latão de lixo que jazia por ali, no que voltavam às funções (beijar, beber, beijar), até que uma delas, justo a namorada do motorista, aquela que os recebera tão bem, com o garrafão de Sangue de Boi, a garrafa de Elefante, a prima, a vizinha, a conhecida, a prima da vizinha e Tibéria, que não era prima, vizinha, conhecida ou prima da vizinha, mas estava por ali dando sopa e a conta ainda não tinha fechado, os rapazes a caminho eram seis, chega aí, Tib, precisamos de você, seis noivas para seis irmãos, enfim, a única dentre elas que tinha o status de namorada, foi ela quem externou a urgência, a necessidade premente, inescapável, abrasiva, de mijar, e externou com desespero e impaciência porque, reitere-se, não havia mais botecos abertos nas redondezas e até o posto de gasolina a alguns metros de onde se encontravam estava fechado, quando, então, Tibéria sugeriu que ela fizesse por ali mesmo, a cidade deserta ao redor, alta noite, uma terça-feira, agora quarta, madrugada de quarta, que procurasse uma moita ou coisa parecida, vai na fé, irmãzinha, mas bastou que os doze pares de olhos bêbados vasculhassem os arredores para constatar que a praça sofrera uma poda agressiva por parte do Poder Executivo Municipal, não restando moita alguma, nada que pudesse acoitar a namorada enquanto ela se livrasse do mijo com alívio indescritível e à luz abençoada das estrelas, nada que a protegesse dos olhares curiosos enquanto premiasse o solo leopoldino com o jato dourado de suas entranhas, não era possível, mais um pouco e lhe escorreria pelas pernas, a coisa adquirindo contornos trágicos enquanto ela se contorcia e choramingava, aimeudeusdocéu, quando Tibéria (o que eles fariam sem Tibéria?) apontou para uma árvore que, embora podada, tinha lá uns galhos numerosos e retorcidos e bem capazes de amoitar nossa heroína, que correu na direção do tronco e o escalou com uma agilidade que maravilhou a todos os presentes, nada, contudo, que se comparasse ao maravilhamento maior proporcionado pela visão do jato de urina descaindo, feliz, desde um galho elevado ("Olha só até onde ela subiu") (e, de fato, eram tantos e tão retorcidos os galhos que ninguém ali conseguia divisar nada além de um vulto meio agachado e de pernas ligeiramente abertas) até o chão, jato que se prolongou por longos segundos, ao fim dos quais houve aplausos, assovios e aclamações gerais, que por muito pouco não mascararam o evento principal, o clímax, o ponto culminante.

– Minha Nossa Senhora – disse Simone, os olhos arregalados, boquiaberta, o corpo meio dobrado.

Quando a moça já se preparava para descer, procurando ajeitar a calcinha, um pequeno corpo ou objeto seguiu o mesmo trajeto da urina e foi de encontro ao chão.

– Ploft.

Houve um momento de estupefação, as testemunhas ali embaixo tentando compreender o que fora aquilo ("Ela cagou?", chegou-se a especular), olhando na direção da faixa de solo consagrada pelo líquido espumante, procurando divisar o que era aquele corpo ou objeto não identificado, quando, lá do alto, a moça, a namorada leopoldina do distinto condutor do Santana que os trouxera ali, ela esganiçou: "Putaqueopariucaralho. Quero ver agora quem me arranja outro Modess!"

Eles varreram quase meia caixa de cerveja e três doses e meia de cachaça para dentro de si, riram bastante de histórias como aquela ou até piores e viram crescer uma urgência inesperada e descompensada pelo outro, algo similar àquela vontade da coitada a se contorcer na desolada noite leopoldina, vontade que a obrigou a escalar uma árvore no meio da praça principal da cidade e a mijar, com grande alívio, no vazio que restava ali embaixo, de tal modo que a segunda e intempestiva mudança de planos naquela noite (em vez de dobrar à direita no trevo vianopolino e tomar o rumo de casa, seguiram reto, na direção de Caldas Novas, ao menos por alguns metros, até o motel encravado à margem da rodovia) não lhes causou desconforto, estranheza ou culpa, próximos-distantes como eram e se sentiam, engolfados pelo estranho-familiar que se tornou a presença do outro, que representavam um para o outro, e logo estavam jogados na cama, ela chamando a porra dele para dentro de si, boca e bocetadentro, de novo e de novo, enquanto o tempo lá fora parecia concretado, imobilizado, a noite quieta e expectante, animada apenas pela chuva forte que principiou às 23:59 e que continuaria a cair, sem trégua, até pouco antes do amanhecer, sem, contudo, interromper ou atrapalhar os trabalhos.

DOMINGO

Dormiram um pouco, afinal. Abraçados. E depois Simone o acordou com um beijo e tomaram um banho, ela ajoelhada e, em seguida, Cristiano, a cabeça entre as pernas dela.

Antes de sair do quarto, de abrir a porta, ele, por alguma razão, anteviu o mundo lá fora sob um sol embranquecedor. Não foi o caso. Escuro, ainda. Madrugada. Ele se pegou pensando se tinha mesmo chovido ou o quê. A rodovia estava encharcada, logo viu. Dentro do quarto, tivera a impressão de um dilúvio, mal ouvia os gemidos, o que ela dizia, pedia, no cu, mete primeiro no cu, anda, teve de quase gritar, um dilúvio enviado para varrê-los tal e qual se encontravam, encaixados, no pleno exercício do pecado, mas que não os tocara, não os incomodara, deixara-os livres, em paz, e os camuflara ou acobertara, ausentando o mundo dali, isolando-os.

Voltaram em silêncio, a cabeça dela em seu ombro, a mão esquerda lhe acariciando a coxa, o púbis, a meia ereção sob o jeans, não havia nada a ser dito, confortáveis no silêncio que descobriram, que cavoucaram e descobriram um no outro, que cavoucaram, descobriram e agora tratavam de alimentar.

—Matei um sujeito outro dia. Matei por nada. Por nada. Ele se lembrou logo ao acordar. A primeira coisa que lhe veio à cabeça. O trecho da conversa à mesa do boteco em Vianópolis. Iam pela décima cerveja, a terceira dose de cachaça. Iam juntos.

O momento em que se decidiram, talvez.

Ou o momento em que, já decididos, meramente externaram isso. A decisão.

As mãos dadas sobre a mesa. A mão dela aberta, livre, e a mão dele sobre, dentro. Estavam sozinhos no lugar, àquela altura. O garçom dissera que fechariam à meia-noite. A praça deserta. Ele se debruçou e ela também, como se fossem se beijar por sobre a mesa. Ela chegou a fechar um pouco os olhos, as mãos unidas.

– Matei um sujeito outro dia. Matei por nada. Por nada.

Silêncio. Um leve tremor na mão. Quase imperceptível. Contudo, ela a manteve e se manteve ali. Os olhos ainda meio fechados. Abaixou um pouco a cabeça. – E daí?

Ele sorriu. Talvez se conseguisse dizer o mesmo. Sim: morto. Matei por nada.

E daí?

E ela, cabisbaixa, abriu os olhos e sorriu. Chorava. Quieta, em silêncio, os olhos fixos nas mãos dadas sobre a mesa, chorava. As lágrimas caíam sobre e por entre os dedos.

– Você é mesmo minha irmã? – ele perguntou.

Esfregou os olhos e o nariz com a outra mão. A voz saiu trêmula:

– Meia-irmã.

– Meia-irmã.

– Meia-irmã.

– Então, se a gente trepar, é só meio pecado?

Ela o encarou. As lágrimas escorriam, uns soluços tímidos. Olhos bem abertos. Veio um sorriso maior, e depois o riso.

Não, ele pensou ao vê-la rindo. Um pecado inteiro.

Mas, e daí?

—Como foi? – Lázaro perguntou à mesa do café. Simone ainda dormia. Nove e pouco da manhã. A cabeça de Cristiano girava. Ele queria ter dormido mais. – Normal, pai.

– Ficaram ali por Silvânia?

– Não, a gente foi pra Vianópolis.

– Vianópolis? Festa, alguma coisa?

Balançou a cabeça. Um gole de café. – Nada. A cidade estava vazia. Ia até te perguntar se está rolando alguma festa na região. Não tinha ninguém em Vianópolis.

– Ah, sim. Em Orizona.

– Então acho que todo mundo foi pra lá ontem.

– É possível. Não quer um pão?

De novo, fez que não. A cabeça girava e o estômago com ela. Outro gole de café. Você é mesmo minha irmã? Doce. Não. Meia-irmã. Doce demais. – Cadê a Marta?

– Deu um pulo na feira. Quer fazer umas pamonhas pro seu amigo.

– Que amigo?

– Paulo. Ele ligou ontem à noite. Vocês tinham acabado de sair. Disse que vem aqui hoje, te ver e tudo. Pediu pra você esperar ele ali no Mangueirão. Onze horas, por aí. Pensei que fosse ter que te acordar. Chegaram tarde.

Cristiano afastou a xícara. Não sabia o que pensar. Paulo a caminho. Viria só? A cabeça era um emaranhado. O gordo esbodegado no chão daquele quarto de hotel. Morrendo, morto. Paulo ouvindo Doors no boteco condenado. O cotovelo acertando o traficantezinho no banco traseiro do Monza. Silvia descendo e lhe beijando a barriga e colocando o pau na boca. Paulo lhe perguntando se não queria trabalhar na campanha, a gente está precisando de ajuda, e, se ele ganha, a cidade é nossa, cara. A papada suarenta do gordo. Simone de quatro, a bunda levantada, a mão dele afastando os lados, expondo o cu para a língua (doce demais) e o pau. Marta pedindo que ele buscasse Simone na rodoviária, me faz um favor? Lázaro adentrando o quarto, as tábuas do assoalho o anunciando. As pernas cruzadas da tia Glória. O asfalto vindo de encontro à testa indefesa, cada vez mais próximo. O cheiro almiscarado de Mariângela, a pequena cicatriz na barriga. A Bíblia no porta-luvas. Os dois sozinhos na casa, pai e filho. Os dois sozinhos na casa escura.

– Ele gostou de lá da outra vez – disse. – Paulo. Das mangueiras.

– Nem me lembrava que tinham ido.

– A gente deu uma passada rápida, quando ia embora.

– Isso tem o quê? Faz uns cinco anos que ele veio aqui, não?

– Ele se lembra, pelo jeito.

– Quer que eu vá com você?

– Não. Pode deixar.

– Você parece que vai morrer. – O velho estava rindo. – Que ressaca é essa?

– Misturei um bocado.

– E não jantou antes de sair.

– Daqui a pouco eu melhoro.

– Aonde é que vocês foram em Vianópolis?

Na porra do motel. – Naquele boteco ali na praça. Parecia uma cidade-fantasma. Com neblina e tudo.

– Eu nunca gostei muito de Vianópolis.

– Por quê?

– Nenhuma razão específica. Só não gosto muito.
– Deve ter um motivo, né?
– Talvez. – Fingiu pensar um pouco. Era óbvio que a história estava bem ali, ao alcance da fala. – É que eu namorei uma menina de lá. Isso foi antes de conhecer a sua mãe. Não durou muito, uns dois ou três meses. A menina se chamava Ariana. Loirinha, baixinha. Peituda. A gente se dava bem.
– Seu Lázaro apaixonado? – Riu Cristiano.
– Não ia demorar, sabe?
– Sei.
– Daí teve um baile. Até comprei um vestido pra ela usar na ocasião. Baile dos Namorados. Antes, é evidente, fui lá na casa dela pedir permissão pros sogros.
– Evidente que foi.
– Outros tempos. A gente só namorava no sofá, o pai e a mãe dela ali do lado, a conversa morrendo, lerda, e no máximo um beijinho no portão quando já vinha embora, sabe como é.
– Não sei, não, senhor.
– Enfim. Pedi e deixaram. Comprei esse vestido azul-marinho, cheio de babados, pra ela. Me custou os olhos da cara. Sua avó me ajudou a escolher. E a gente foi pro tal baile. No meio da festa, a Ariana reclamou que estava com dor de cabeça, ficou dizendo que queria ir embora. Deixei ela em casa e, sem ter o que fazer, o seu Chico tinha me emprestado o carro, fiquei zanzando por Vianópolis. Bebi uma cerveja num boteco. Fazia um frio desgraçado, mas a noite tava bonita. Limpa. Ainda era cedo e, sabe como é, acabei voltando pro baile.
– E ela estava lá dentro?
– Enturmadíssima, no meio de uma roda de marmanjos. Virando um copo de Campari.
– Ela te viu?

– Não. Mas uma amiga dela, sim. Saí de fininho.

– Campari e Vianópolis. Deve ser por isso que o senhor não gosta dos dois.

Estavam rindo. – Mas o pior foi o vestido. Quatro prestações. Três meses depois e eu ainda entrando naquela loja, pagando as promissórias. Me dava uma raiva desgraçada.

– E o que foi feito da tal Ariana?

– Não demorou muito e vieram me dizer que ela tinha engravidado de um PM. Eu ainda estava ali pela última promissória do vestido, pra você ter uma ideia. Parece que ela se casou com o sujeito. Não tive mais notícia depois.

O pai se levantou, rindo, afastou a cadeira, contornou a mesa e foi até a janela que dava para os fundos. Alisou a barriga. – Se divertiram ontem, então?

– Foi legal, pai.

– Ela é uma menina muito boa. Não é?

Ele se trancou no banheiro. Teria de buscar Paulo dali a pouco. Deixou as calças, a cueca e a camisa sobre a tampa do vaso, entrou no boxe e se refugiou sob o chuveiro, a água fria.

A cabeça, um emaranhado.

Eles entraram no quarto e estavam muito bêbados àquela altura. Ele correu ao banheiro e vomitou, e não se lembrava agora se ela fez o mesmo antes ou depois, em algum momento. A água fria no rosto, na nuca. Tirou a camisa e os sapatos, as meias. A cueca. O pau estava duro havia um bom tempo. A chuva caía lá fora, forte. Lembrava o som de uma multidão aplaudindo.

Ela estava de pé junto à cama, descalça, os cabelos soltos, tirando a calcinha. Ainda de saia. Sorria.

– Tá longe – ela disse, alto.

Ele se aproximou e eles se beijaram, depois ela o empurrou de leve, não para afastá-lo de verdade, levantou o vestido até o meio da barriga, as pernas um pouco afastadas, virou-se bem lentamente, um passo de dança, quase, subiu na cama, o rosto virado para trás, olhando para ele, engatinhou, os dentes à mostra, e se deixou ali, de quatro.

– Vem logo me buscar, irmãozinho.

E ele foi, primeiro com a boca e os dedos, e então com o pau. Colocou um pouco, segurando-a pelo quadril. Ela gemeu, rebolando, e depois voltou a se afastar, lançando o corpo para a frente.

– Que foi?

– No cu. Mete primeiro no cu, anda.

Abaixou-se, afastou bem os lados da bunda e deu com a língua no orifício, dura, circularmente. Meteu o dedão na boceta. Ela arqueava as costas, rebolando. Ficaram nisso por um tempo. Então, cuspiu com dificuldade, a boca seca, endireitou o corpo e introduziu o pau com certo cuidado. Enquanto arremetia, ficou olhando a cabeça dela, os cabelos soltos, puxou-os, descobrindo a nuca, os ombros, subindo um pouco mais o vestido, desnudando as costas, debruçou-se e procurou um dos seios por debaixo. Gozou ao encontrá-lo. Quando ela se virou, sorria e chorava ao mesmo tempo, como fizera antes, à mesa do boteco. Arrancou o vestido pela cabeça e o puxou para si, no que ficaram abraçados, ao som da chuva forte, até que ela, mantendo-o sobre, escorregou até o pau, o corpo dele meio suspenso, como se estivesse paralisado no meio de uma flexão, com medo de machucá-la, sufocá-la, o pau inteiro na boca e o dedo anular da mão esquerda procurando, contornando, acariciando e por fim lhe adentrando o cu, no que ele gritou e ela riu, a boca momentaneamente livre, e em seguida não mais. Depois, ela fez com que ele girasse o corpo e se deitasse de costas, levantou-se, caminhou sobre a cama e agachou-se, devagar, sobre a boca dele. Eles se deram as mãos e ela se equilibrou assim por minutos a fio, não estava com pressa, a chuva atolando o tempo, paralisando-o ou quase, e então, mantendo-o como estava, afastou a boceta da boca e a levou até o pau, tratando de cavalgá-lo.

O gosto dela permanecia em sua boca. Quando acordasse, ela também o sentiria? Algo dele teria restado, é claro. Algo ou muito dele. No cu, na boceta. Na boca.

Estava agora diante do espelho, enxugando-se, e se lembrou dela cuspindo na pia, no banheiro do motel, ele sob o chuveiro aberto, observando-a, enternecido.

– O gosto não me incomoda, mas sempre fica um pouco grudado nos dentes, é um saco.

Algo ou muito dele. No cu, na boceta, na boca. Nos dentes. Na boca, a última vez. Sob o chuveiro, depois que ele, agachado, também a trouxe de novo. O gosto dela.

– Deixa eu ver o que sobrou – ela disse, ofegando, ao se ajoelhar.

Ele se vestiu no banheiro, saiu e atravessou a sala, em direção ao quarto, descalço. A voz de Simone lá fora, à mesa. Falando com o pai. Algo sobre Vianópolis. Talvez Lázaro tivesse contado a mesma história, Ariana, o vestido, o baile.

Sentado na cama, Cristiano calçou as meias e os sapatos e respirou fundo. Paulo estava a caminho. Deixa-me ver o que sobrou.

Mangueirão. A poucos quilômetros do trevo de Silvânia, na margem esquerda da GO-010, sentido capital. Um boteco aprazível, à sombra de algumas mangueiras.

    Enquanto dirigia, Cristiano recebeu uma ligação de Mariângela. Tinha acabado de passar pelo trevo, a pista vazia se oferecendo à frente. O dia lavado, limpo e brilhoso. O mundo novo em folha. Preferiu não atender. Acelerou. Ela também ligara na sexta-feira e duas vezes no sábado e enviara algumas mensagens de texto. Mensagens curtas. Sem recriminações mesmo depois que se tornou patente o silêncio dele. Deve estar ocupado. O pai, a madrasta. *Me liga qdo puder. Sinto sua falta.* O engraçado era que, mesmo antes de trepar com Simone, de sequer pensar em trepar com Simone, ele não se via retornando a Brasília. Apesar de tudo. Apesar do que prometera. (Mas, a rigor, ele não se via em lugar algum, exceto, talvez, naquele quarto molambento de motel, comendo a meia-irmã enquanto o céu despencava lá fora. Era a única coisa que lhe ocupava a cabeça naquele momento, e é claro que isso se refletia no pau, indesculpavelmente duro.)

    Aquele era um boteco que Cristiano frequentava quando moleque. Meio escondido, fora da cidade. Distante dos olhos e das línguas dos silvanienses, que sempre davam notícia dele para o pai e a tia. Em Vianópolis, na noite anterior, dentre as histórias dispostas sobre a mesa com as cervejas e as doses de cachaça estava a do sujeito que, vindo de Bulhões, parou no Mangueirão ansioso por uma trepada paga, ignorando que os puteiros (eram três naqueles dias; Cristiano não sabia quantos eram agora) ficavam adiante, mais próximos do trevo, dois antes e o terceiro depois, e fulo da vida quando, após inquirir o dono, mas cadê as muié?, ouviu que aquele era um estabelecimento familiar e católico, e que ele não encontraria ali o que procurava, ao que o sujeito, puxando uma faca de tamanho considerável, acusou o interlocutor de tentar alijá-lo do convívio com as putas, posto que o teria julgado incapaz de pagar, tô sujo porque tava trabaiano, fiédaPUTA!, e, como quem sacasse outra arma, tirou do bolso e jogou sobre o balcão (disso Cristiano, que disputava uma partida de sinuca a poucos metros do entrevero, se lembrava com nitidez), uma após a outra, duas notas de vinte, quatro de dois, uma de cinco, uma de dez e, deixando o melhor para o final, três notas de cinquenta reais. Com tato, o dono do boteco, Cristiano e um outro freguês convenceram o sujeito de que os puteiros ficavam mesmo um pouco mais à frente, te juro, ninguém aqui tá querendo te enrolar, abaixa essa faca, e que aquele era, de fato, um estabelecimento familiar & católico, que todos ali acreditavam que ele era um cidadão honesto, trabalhador e merecedor de quantas bocetas conseguisse pagar (e até de algumas que não conseguisse, aliás), bocetas que, no entanto (reiteraram com firmeza), ele não encontraria ali, mas um pouco além, seguindo pela mesma rodovia, que fosse com Deus, toma uma cachacinha antes, eu pago, e o sujeito, guardando a faca e o dinheiro, pediu desculpas, meizureta hoje, e perguntou se a dose podia ser de Velho Barreiro.

 O boteco estava vazio. A casa do dono ficava alguns metros ao fundo e logo um dos filhos dele veio correndo, o que ele queria? Uma cerveja? Cristiano estava ressacado. Pediu uma água com gás e uma Antarctica. Sentou-se a uma mesa lá fora, à sombra de uma mangueira. Era como se o tempo não tivesse passado. Quando moleque, sempre conseguia que um dos peões o levasse até ali, por mais que eles preferissem a cidade, só me deixa lá e segue seu rumo, arrumo carona depois. Em geral, sete, oito da noite, o pai vinha buscá-lo. Não ralhava, pedia uma cerveja, bebia junto ao balcão e depois acenava com a cabeça, hora de ir. Não trocavam palavra até a fazenda.

Eram 11:15 quando Paulo chegou numa Land Rover, sozinho. Jogou as chaves sobre a mesa, puxou uma cadeira, sentou-se, bebeu um gole de cerveja do copo de Cristiano e olhou ao redor sem dizer nada. O rapaz veio lá de dentro com um copo e outra cerveja e perguntou se queriam beliscar alguma coisa.

– Torresmo – disse Paulo.

E mais não foi dito até que o rapaz trouxesse o prato com os petiscos, minutos depois, e uma terceira garrafa de Antarctica.

– E aí? – disse Paulo. – Novidades?

Cristiano encolheu os ombros, no que o outro forçou uma gargalhada. – Vai tomar bem ali no centro do olho desse cu doente que você tem o disparate de carregar por aí, seu viado.

– Quê? Os caras ferraram contigo? – Cristiano perguntou, sério, um naco de torresmo na boca.

Paulo ainda riu um pouco, depois bateu palmas e esticou a mão esquerda até o prato, escolhendo um pedaço, e o encarou.

– Não. Você é que ferrou.

– Tá. Mas o que foi que rolou?

– Nada. – Mastigava agora. Um gole de cerveja. – Ainda.

– E o que é que pode acontecer?

Outro gole e o copo estava vazio. – Eles ficaram com o cu na mão, ninguém falando com ninguém, todo mundo com medo de falar com todo mundo. Daí eu falei que aquilo era o pior que podia acontecer, isto é, que o pior já tinha passado. Eles não acreditaram, mas não podiam fazer nada. Ficaram lá sentados, esperando a polícia dar com os burros n'água, rezando por isso, porque achavam que, se você fosse pego, ia dar com a língua nos dentes e já era. Parece que a reza dos putos funcionou, porque a coisa está se encaminhando justamente nesse sentido, isto é, a polícia investigou mais ou menos, não descobriu porra nenhuma, ninguém viu nada, e o caso meio que já morreu. Você teve uma puta sorte. Eles tiveram uma puta sorte. Eu tive uma puta sorte.

– É. Acho que sim.

– Aliás, o único que não teve uma puta sorte nessa merda toda foi enterrado faz uns dias lá em Anápolis.

– É por isso que você está vestido de padre?

Paulo se servia de mais cerveja e abriu um sorriso. Calças pretas, camisa preta, sapatos de couro preto. Meias pretas. Mas a camisa aberta até quase o meio da pança e a expressão no rosto não eram nada deiformes. Um sorriso trevoso. Como o de um padre daqueles. O que você foi aprontar com aqueles menininhos?

– Isso lá é roupa pra usar na roça?

– Vai se foder. – Levando dois pedaços de uma vez à boca. – O torresmo já foi melhor.

– E serve pralguma coisa?

– O torresmo?

– A papelada que eu mandei.

– Não sei – Paulo virou o copo de cerveja, fez uma careta. – Arre. Garganta meio inflamada.

– Essa cerveja gelada vai ajudar.

Outro sorriso. Menos trevoso agora. Limpou as mãos com uns guardanapos e os deixou sobre a mesa, como se pretendesse voltar a usá-los. Olhou para Cristiano. Respirou fundo.

– Certo. Não vim aqui brigar contigo. Você já deve ter sacado isso. Eu até agora não entendi que porra aconteceu lá. Acho que eu nunca vou entender. E, caralho, olhando daqui, tenho a impressão de que *você*, seu louco de merda, também nunca vai entender.

O vento agitou as árvores. O dia continuava bonito. Aberto, limpo. Cristiano pensou em retornar a ligação de Mariângela. Prometera voltar, afinal. Depois, pensou em Simone.

– Eles sabem que você está aqui?

Paulo negou com a cabeça. – Eles não sabem de porra nenhuma.

– Cheguei a pensar que viriam atrás de mim.

– A polícia?

– Não. Uma pessoa que eles mandassem. Algo do tipo. Entendeu?

– Ah, porra. Você sabe muito bem que as coisas não funcionam desse jeito.

– Eu não sei de merda nenhuma.

– É o que estou dizendo, então.

Um Mercedes 1113 caindo aos pedaços e carregado de areia veio se arrastando pela rodovia. O motor zurrava. Cristiano esperou que ele ganhasse alguma distância. Ou explodisse de vez.

– E esse carro?

– Inteiraço.

– Ele não contraria o seu *modus operandi*? Ficar na moita, discrição e coisa e tal?

– Ah. Não é meu. É do Assis. Lembra do Assis? Ele me emprestou. Deixei o meu com a Silvia, vai que ela precisa de alguma coisa. Minha sogra finalmente picou a mula. Atrapalhou mais que ajudou. Velha inútil. Você não se lembra do Assis?

– Da Assembleia? Gordo?

– Esse mesmo.

– Mente pra caralho.

– O tempo todo. E o pior é que ele sabe que todo mundo sabe que ele está mentindo, mas não se importa, continua falando, falando, engatando uma história na outra.

– Mas é inofensivo.
– Como assim?
– As merdas que ele inventa. É o tipo de coisa que não machuca ninguém. É só papo. Conversa fiada.
– Fui pegar o carro hoje cedo e ele me disse que tá comendo a Valéria. Sabe a Valéria?
– Da Agetop?
– Eu acho engraçado.
– Ele sabe que ela é sapatão?
– Então. Ele sabe e veio com essa conversa de que ela teria falado que ele é o único homem por quem ela já se sentiu atraída na vida. Assim, na vida inteira de lambedora de carpete dela.
– Acho que não conheço ninguém mais cara de pau.
– Também falou que estão planejando fazer uma viagem juntos, sabe?
– Ah, é? E onde é que eles vão?
– Pirenópolis.
– E a mulher dele também vai?
– É a parte triste de tudo isso. Parece que, antes de "comer" a Valéria, ele vinha "comendo" uma vizinha.
– Que esperto.
– Um gênio. Falou disso no mercado, no boteco da esquina, sabe como é. Ele não para de falar. E a história deu uma volta, sabe, e veio bater nas costas dele.
– A vizinha?
– Antes fosse. Talvez rolasse alguma coisa, ela se sentisse obrigada, já que o povo tá falando, né? Mas não. Foi a mulher dele. O imbecil chegou do trabalho e ela tinha ido embora, levado as crianças. E depois de botar fogo nas roupas dele.
– Ela acreditou na história?
– Parece que sim.

— Não conhece o próprio marido?

— Parece que não.

— E que porra é essa de pôr fogo nas roupas dele?

— Vai saber. Levou tudo pro quintal, fez um montinho e tacou fogo. Vou te falar, acho que ele nunca comeu ninguém além da mulher. Deve ser o cara mais fiel de Goiânia.

Cristiano mal conseguiu rir da história. Cretina demais. E também porque se lembrou do que lhe passara pela cabeça ao deixar o hotel em Anápolis, as histórias possíveis. O marido corno.

— Que cara é essa? — Paulo sabia (ou imaginava) o que era. Virou mais um copo de cerveja. — O que tem feito por aqui? Confraternizando com a galera das antigas? Rolou alguma reuniãozinha tipo Turma de 97? Um churrasco e tal?

— Porra nenhuma. Fico na roça.

— Não reencontrou ninguém daqueles tempos?

— Visitei a minha tia. Ela conta?

— Tava falando das amizades. Algum reencontro caloroso. Uma conversa inteligente ao redor da churrasqueira.

— Na minha vida inteira, só tive uma conversa inteligente em Silvânia. Discuti com um colega de escola sobre quem era melhor: Superman ou Spectreman. A gente tinha uns seis anos. E eu ganhei a discussão.

— Argumentando o quê?

— Superman fez a Terra girar ao contrário e o tempo voltar. Fim de papo.

— Eu me lembro disso. Nunca entendi direito o que acontece. Quer dizer, se o tempo voltou e a bomba não explodiu e não teve aquele superterremoto, como é que depois ele prende o Lex Luthor? Baseado em quê? O crime dele desaconteceu, né?

— Também pensei muito nisso. E então eu lembrei que o Luthor era procurado por outros crimes. Lembra aquela cena no meio do filme em que os policiais perseguem o ajudante dele até os túneis do metrô?

— Acho que sim.

— Pois é. A polícia já estava na cola dele por outras merdas. É por isso que ele se escondia naquela fortaleza subterrânea. E é por isso que o Superman leva ele pra cadeia no final.

— É. Pode ser. Mas o louco é que, depois, como o lance dos mísseis e do terremoto desaconteceu, o Luthor talvez fizesse tudo de novo, né? Ele na cadeia, tendo a ideia, bolando a porra toda, sem saber que já tinha feito aquilo, feito e o Superman desfeito. O plano era bom demais pra simplesmente desacontecer.

— Ah, era um plano de merda, vai. Especulação imobiliária às custas de mísseis e um puta terremoto?

— Então! Imagina só!

— Então. Imagina só.

— Ah, vai tomar no cu.

— Ehehe. Mas e daí?

— E daí que, mesmo inconscientemente, ele precisa repetir a dose, tentar, fazer tudo outra vez. É irresistível. Querendo ou não, a coisa ficou no subconsciente dele.

— Subconsciente. Certo.

— Aliás, faz tempo que não revejo esse filme.

— Faz tempo que não vejo filme nenhum.

— Lembro quando a gente foi ver *Gladiador* e você dormiu no meio. Que espécie de pessoa dorme no meio do *Gladiador*?

— Não entendo muito de cinema, mas esse filme aí me pareceu uma patacoada sem tamanho.

— É o favorito do reizinho.

— Sério?

— Ele ficava repetindo as falas. Usava até nos discursos, nas entrevistas. "O que fazemos na vida ecoa na eternidade." Puta que pariu, era muito chato. Ele parou com essa merda depois de um tempo, mas acho até que gosto menos do filme por causa disso.

Governador Maximus. Cristiano tomou um gole de cerveja. O que fazemos na vida ecoa no vazio.

– Pensei que esse Palio aí fosse de algum parceiro.
– Como assim, "parceiro"?
– Turma de 97, uai.
– Não, é meu.
– Inteiro?
– Acho que sim.

Ficaram olhando para o carro. Do nada, Cristiano abriu um sorriso.

– Que foi?
– Nada. Só lembrei de uma viagem que fiz muito tempo atrás.
– Muito tempo atrás quando?

Pensou um pouco. – Eu tinha acabado de entrar na faculdade. Fui com um amigo pro norte de Minas. A tia dele morava em Januária e vivia falando do São Francisco e coisa e tal.

– Eu me lembro dessa viagem. A gente já se conhecia. Foi no primeiro ano mesmo.
– Em julho.
– Mas por que isso te ocorreu?
– Por causa do carro. Esse amigo meu tinha um Palio branco. O pai dele era vereador, empresário e o caralho a quatro, deu um Palio zero pro infeliz, deixou que ele instalasse som, ajeitasse as rodas, rebaixasse o carro, essas merdas.
– E aí cês foram pra Januária.
– Sim. Foi quando eu vi que queria voltar pra Goiânia e não botar mais os pés aqui.

– Mas por quê? Você nunca me contou essa história. Lembro que voltou meio puto das férias, mas, quando perguntei, disse que era melhor deixar pra lá.

– Eu queria matar o desgraçado.

– Deixa ver. O cara te colocou numa situação em que alguém foi pra cima de vocês com uma pá? Assim, na beira do São Francisco?

– Antes fosse. Eu saía correndo e deixava ele apanhando sozinho. A merda começou na viagem. Na estrada. Daqui até Januária são uns setecentos quilômetros, e o filho da puta dirigia feito louco. Correndo demais. Fazendo graça. Colava na traseira dos outros carros, sabe? Antes de ultrapassar, como se pilotasse um stock-car. Andava na contramão.

– Na contramão? Assim, na rodovia mesmo?

– A gente foi multado perto de Montes Claros e ele parou com isso de andar na contramão. Mas continuou correndo. Colando na traseira dos outros.

– Desde quando você conhecia o cara?

– Desde o jardim de infância. Mas a gente ficou amigo mesmo na sétima série.

– Tá. Todo esse tempo convivendo e você nunca sacou que ele era um imbecil?

– Eu te falei no outro dia, os caras eram uns babacas e eu sabia disso. Mas, sei lá, você vai levando. E, no lance da viagem, eu tentei relevar essas merdas. Afinal de contas, a gente ia pra casa da tia dele. Mas o lance é que em poucos dias a mulher não aguentava mais o sobrinho. Ele era um moleque mimadão, porco, ficava enchendo o saco da coitada. Daí, um dia, ele apareceu com uma qualquer que tinha arranjado na beira do rio, arrastou a menina pra comer lá, na casa da tia, pensa nisso, e a tia no quarto vizinho. Eu não acreditava naquilo. Foi a gota d'água. A tia ainda foi legal, porque não empatou a foda, deixou ele comer a menina, não fez escândalo, nada. Foi só no dia seguinte, na mesa do café, que ela deu o esporro. E o babaca, em vez de pedir desculpas, ficou todo putinho e, sem falar com ninguém, pegou o carro e veio embora.

– Te deixou lá?

Cristiano fez que sim com a cabeça. – Voltei de ônibus. E a tia dele ainda teve que me emprestar algum.

– Que filho da puta.

– Nunca mais falei com o desgraçado.

– Você falou que o pai dele é vereador?

– Foi. Não é mais. Tentou se reeleger e não conseguiu. Outro cretino. Tão pobre que só tem dinheiro.

– Que cagada ele fez na Câmara pra não se reeleger?

– Não faço ideia. Mas você pode perguntar pro meu pai daqui a pouco. Ele deve saber. E, se souber, vai adorar contar.

Falaram de outras coisas, depois pediram a saideira. Cristiano encheu os copos e ficou olhando na direção da rodovia deserta. Três minutos antes que passasse um carro. E mais dois antes que passasse outro. O vento tinha parado. Sentiu como se estivessem dentro de uma bolha.

– Vai ficar louco se não parar de pensar nessa merda – disse Paulo.

– Pode ser.

– Já é.

– E sabe o que é mais louco?

– Será que eu quero saber?

– O mais louco é que depois eu não senti nada. Saí daquele hotel maldito, peguei a estrada e fiquei esperando bater, sabe? Culpa, medo, qualquer coisa. Mas não veio nada. Só um cansaço desgraçado.

Aquilo seria o máximo que diria ao amigo, o máximo que conseguiria dizer. Não havia mais o quê. A ressaca estava passando.

– Como é que você soube que eu estava aqui?

– Eu não soube. Eu só liguei. A Sil te mandou um abraço, aliás. Está preocupada.

– Ela sabe?

– Ela sabe que alguma merda aconteceu. Mas não sabe o quê. E eu acho que nem quer saber.

– Quem é que sabe?

Um riso, afinal. – Você teve uma puta sorte, cara.

– Eu sei.

Terminaram a cerveja em silêncio, virando um copo atrás do outro. Então, Paulo alcançou as chaves e Cristiano acenou para o rapaz, pedindo a conta.

– Eu sei, porra. Eu sei.

Ali sentados, antes de pedir a saideira. Falaram de outras coisas. Ou, na verdade, de uma coisa específica. Um sorriso sacana, e Cristiano:

– Sempre quis te perguntar uma coisa.

– Eu até imagino o que seja.

– A história das filhas?...

A maior dentre as histórias apócrifas envolvendo o reizinho, algo comentado em finais de festa, quando o álcool e o cansaço empurram as línguas para lugares esdrúxulos e pouco explorados. Paulo hesitou um pouco, mas afinal balançou a cabeça rapidamente. Sim, sim.

– O que rolou de verdade? O que você sabe?

Paulo virou o copo, mais um. Quase pediu uma dose de cachaça. Falou por alto. O que testemunhara. A reunião em que acertaram a coisa. No gabinete. Governador, empreiteiro, dois assessores e Paulo.

– O que você tava fazendo lá?

– Durante a campanha, era eu quem falava com o sujeito. Quem ligava, ouvia, pedia coisas. Eu era o contato. Ele confiava em mim. Era melhor que eu estivesse presente.

Um conto de fadas goiano. O empreiteiro queria algo do recém-empossado governador. Quanto vai me custar? E o reizinho: faço de graça, homem. Nada é de graça, o outro retrucou. Ah, não? Bem. Sendo assim. As filhas, claro. Ambas. Gêmeas, virgens. Futuras Rainhas da Pecuária. Catorze aninhos, incompletos. Consta que o empreiteiro nem titubeou.

– Ele não achou que era sacanagem do chefe?
– Não se sacaneia com esse tipo de coisa. As filhas do cara, porra. Ele não ia falar se não quisesse elas de verdade. E se não achasse que era possível. Ou melhor, que era certo.
– É. Acho que não.
– E, te juro, pela cara do homem, não sei nem descrever... era algo do tipo "ah, é só isso que você quer?". Sério mesmo.
– Saiu mais barato do que ele esperava.
– Pode apostar.
– Um deflorador. – Cristiano ria meio sem vontade. Pensava no avô. Em memória de. Sim. Chico Boa Foda não faria pior, faria? Talvez exigisse também a mulher do sujeito. – E foi tudo?
– Ele não machucou as meninas, se é isso que você está perguntando.
– Mas foi só o que ele fez, Paulo. Machucar.
– É que essa história ganha umas versões pesadíssimas. Drogas, surras, todo tipo de maluquice.
– Eu sei. Eu ouvi.
– Mas não rolou nada assim.
– Foi tudo normal, né?
– Normal. Tranquilo.
– Puta que pariu.
– O quê?
– A questão é exatamente essa. É tudo tão escroto que a história nem precisava ser piorada.
– As meninas estão bem.
– Você não sabe disso.
– Faz quase uma década.
– E daí?
– Elas tão bem, sim. E você não é nenhum modelo de comportamento pra ficar martelando essa merda na minha cabeça, né?

Não, ele não era. – Mas eu nunca estuprei ninguém.
Paulo olhou para ele, incrédulo. Depois começou a rir.
– Rindo do quê, palhaço?
– Você não engole o que o homem faz, mas trabalhou pra ele desde a Câmara Municipal até a joça do Palácio das Esmeraldas. Até quase o Senado Federal.
Estuprar, matar. Foi quando o vento parou.

SEGUNDA-FEIRA

Cristiano acordou com o próprio grito, abriu os olhos e não pensou se estava em casa ou o quê. Por um instante, não pensou em nada. Seu coração estava acelerado. No sonho, dirigia seu antigo carro, o Gol vendido em Brasília. Ao chegar ao Mangueirão, Mariângela esperava por ele, sentada a uma mesa. Uma mulher caminhava por entre as árvores. Quem é ela?, perguntou a Mariângela, que não respondeu, ostensivamente jogando o rosto para o outro lado e cruzando os braços, feito uma criança emburrada. A mulher correu até a pista e parou bem no meio, sobre a faixa de rolamento. Quem é ela? Me diz. Como Mariângela insistisse em não responder, ele a xingou, vai se foder, sua vaca, e adentrou o bar, queria pedir uma cerveja. O gordo estava estirado na mesa de sinuca, na mesma posição em que o deixara no quarto de hotel. Vivo, contudo. Os olhos abertos fitavam Cristiano. Botava sangue pela boca, pelo nariz e pela orelha. Ele perguntou por você, disse alguém, a voz roufenha. Ao se virar, Cristiano se deparou com os dois mecânicos que vira na rodoviária, imundos de graxa, debruçados num extremo do balcão. Dá uma dose de cachaça pra ele, sugeriu o cabeça branca. O negro gargalhava e, então, do nada, jogando o corpo para frente, vomitou sangue sobre o balcão, fazendo com que Cristiano desse alguns passos para trás. O cabeça branca dava uns tapinhas nas costas do companheiro, acho que agora você vai melhorar, e, ao mesmo tempo, o gordo soltava um assovio de admiração, como se mexesse com uma mulher bonita no meio da rua, e então disse, bem alto, cuspindo sangue, meu apêndice está me matando. Cristiano foi tomado por um medo irracional de que Mariângela o visse ali dentro com o gordo e os outros dois. Olhou para fora: agora, a mulher que antes caminhava por entre as árvores estava sentada à mesa, de costas para ele, e as duas conversavam, gesticulando muito, como se brigassem. Mariângela, então, olhou para ele e gritou, dedo em riste, ameaçadora, é melhor tu ficar aí dentro. Outra mulher apareceu mais adiante, também por entre as árvores. Era Simone. Ela acenava. Estava com o vestido de renda de Mariângela. Sorrindo, as pernas bem separadas, começou a levantar o vestido, devagar. Não usava calcinha, os lábios anormalmente inchados. De repente, estava mijando. A força do jato e a quantidade de urina eram absurdas. A coisa jorrava. Mariângela olhou para ela e gargalhou. Simone abriu os braços, mas o vestido continuou a subir sozinho, desnudando a barriga. Havia ali um rombo enorme. As vísceras foram arrancadas e, em seu lugar, havia um buraco escuro e vazio. Me enche de porra, disse Simone. Quando o gordo começou a berrar, Cristiano acordou.

Talvez houvesse mais elementos no sonho, coisas de que se esquecera ao acordar, mais detalhes bizarros. Fechou os olhos por um momento.

Quem é ela? Quem é ela? Me diz. Vai se foder, sua vaca. Ele perguntou por você. Dá uma dose de cachaça pra ele. Acho que agora você vai melhorar. Meu apêndice está me matando. É melhor tu ficar aí dentro. Me enche de porra.

Quem era a mulher? A mãe, talvez. Em geral, quando sonha, a gente costuma saber esse tipo de coisa. Mesmo que não veja o rosto, ouça a voz, nada. A gente simplesmente sabe. Mas, dessa vez, ele não sabia.

Abriu os olhos. Melhor esquecer.

O som do vento fustigando as árvores lá fora parecia vir de outro tempo, do passado, mas não de um tempo suficientemente anterior. Ele não se lembrava de como era acordar naquele quarto ciente da presença da mãe em algum lugar da casa, na cozinha, no terreiro, no outro quarto: as manhãs que lhe ocorriam já estavam contaminadas pela ausência. O vento se debatia lá fora como se procurasse por aquele instante anterior, mais remoto, mas, Cristiano sabia, era inútil.

Melhor parar.

Som de vozes. Já estavam todos à mesa, na cozinha. Olhou as horas no celular: 7:30. Não posso parar. Ele se levantou e foi ao banheiro. Escovou os dentes, fez a barba, tomou um banho rápido, depois voltou ao quarto e se vestiu. Escancarou a janela. O vento tinha parado. Os galhos das árvores pendiam, silenciosos. Os braços abertos de Simone. O ventre arrombado, vazio. Me enche de porra. Como esquecer? Como parar? O dia estava ensolarado. Ele deixou a janela aberta ao sair do quarto.

Todos sorriram ao vê-lo. – Acho que dormi demais.

– A gente tem tempo – disse Simone, sorrindo e oferecendo a bochecha para o beijo. – Hoje só tenho aula às duas.

A sensação de estranhamento causada pelo sonho começava a esvanecer. Ele a beijou e se sentou na cadeira vizinha. Serviu-se de café. Marta estava em pé junto ao fogão, fritava alguma coisa por lá. Sobre a mesa, numa travessa de alumínio, estavam as pamonhas que sobraram da tarde anterior, em que, animados, ficaram todos no alpendre descascando e limpando e ralando as dúzias de espigas de milho que Marta trouxera, um círculo formado e mantido, regado a histórias, cervejas e depois, mais tarde, café, a conversa fluindo fácil de um lado a outro, Simone sentada ao lado de Cristiano, um vestido azul-marinho, descalça, os cabelos desgrenhados, provocando Paulo para que desencavasse as histórias mais escabrosas dos tempos em que percorriam, ele e Cristiano, o estado, em campanha, pagando litros e litros de gasolina para engordar as carretas, lidando com o que Paulo chamava de Goiás profundo, de Porangatu a Itumbiara, de Campos Belos a Mineiros, contratando meia dúzia de putas em Anápolis e as levando numa Kombi para Niquelândia como "modelos", um desfile que animou o comício da noite, Simone perguntando que tipo de desfile, Paulo não se aguentando de tanto rir e Cristiano balançando a cabeça, a esposa de um vereador local era metida a estilista, *prêt-à-porter*, ela dizia, fazendo biquinho, espalharam cartazes, um carro de som propagandeando o evento, a praça lotada, assovios, o candidato depois perguntando aos dois como é que conseguiram aquelas beldades e Paulo, sem rodeios, foi num puteiro em Anápolis, chefe, ao que o homem, mal contendo o riso, retrucou que era impossível, pois em Anápolis, cidade exemplarmente evangélica, não havia estabelecimentos dessa espécie; foram, então, para a cozinha, onde Simone e Marta montaram as pamonhas, a enorme panela já no fogo, a palha dobrada como um copo, o milho, o tempero, sal ou açúcar, pimenta em algumas, nacos de queijo branco em todas, e a outra palha, dobrada da mesma forma, encaixada na anterior, amarradas e levadas à água que fervia, era só esperar, sentados à mesa, a conversa fluindo como antes, o vestido azul-marinho, a mão suja de milho ralado, querendo, pedindo por mais histórias, o homem é louco como dizem?, Paulo trocando a cerveja pelo café, ainda preciso dirigir hoje, e depois também cobrando histórias do velho Chico Boa Foda, a tarde inteira nessa troca, todos procurando pelo melhor ângulo, o tom, o que enfatizar e como, as pamonhas afinal servidas, mais café, e depois a sacola com meia dúzia delas, leva algumas pra Silvia, dizia Marta, a despedida, Cristiano se dispondo a acompanhá-lo até a rodovia, o trevo, Simone dizendo, vou com vocês, peraí, os dois carros pegando a estrada, Simone procurando a mão de Cristiano, encontrando a mão de Cristiano, quis fazer isso o dia inteiro, a tarde inteira, e ele rindo, mas você pode me tocar, pegar na minha mão, não é proibido, e ela também rindo, bobo, você me entendeu, o trevo, a despedida derradeira, os carros ali parados, Paulo abraçando Cristiano, dizendo, esquece toda essa merda e vê se te cuida, cara, o que mais poderia dizer?, entrando de novo na Land Rover e seguindo viagem, Cristiano se virando, o sorriso de Simone, ela não chegara a descer, o sorriso chamando-o para si, deram meia-volta, passaram direto pela entrada da fazenda, seguiram por um ou dois quilômetros, uma estrada vicinal, meio abandonada, anoitecia, uns pingos de chuva, as árvores silentes ao redor, fechando-se sobre eles, acolhendo-os, não rola demorar muito, o banco afastado e ela montada nele, me enche de porra, o gosto de milho e café, vem logo, vem, e depois, quando já voltavam, o carro se aproximando da casa, me leva a Goiânia amanhã?

Agora, à mesa do café, Lázaro pediu que ele trouxesse uma nova garrafa térmica. – Passa no Carrefour e compra? Acho que vou pescar no sábado. Aliás, se também quiser...

– Pode ser. Só a garrafa?

O pai disse que faria uma lista, se ele não se importasse. – Anzol, linha, essas coisas. Acho que você encontra tudo lá. Uma lanterna nova, também.

– Mas o que você vai resolver em Goiânia? – Marta perguntou, trazendo à mesa um prato com pedaços fritos de pamonha. Não parecia realmente curiosa. – Tenho que falar com a minha senhoria. Não posso ficar pagando aluguel sem usar o imóvel. Preciso resolver isso, encerrar o contrato, pensar no que vou fazer com os móveis e coisa e tal.

– Tem muita coisa?

– Não. Eu não parava em casa. Só o básico. Sofá, mesa, cadeiras, geladeira, fogão, TV...

– Você vai comigo no sábado? Pescar?

– Vou, sim.

– A gente vai e volta. Vai cedinho.

Cristiano ficou esperando que o pai dissesse aonde iriam. Mastigava um pedaço de pamonha frita. Talvez fossem ao lago pescar tucunarés. Corumbá IV. Um gole de café. Ainda não estivera lá.

– Mas você volta hoje?

– Não sei, pai.

Era um apartamento espaçoso, no Setor Oeste, a poucos quarteirões da praça Tamandaré. Décimo terceiro andar. Eles entraram em silêncio e Simone o levou pela mão até o quarto. Estavam sozinhos. Havia livros e cadernos empilhados na escrivaninha e peças de roupas espalhadas sobre a cama desfeita.
– Que horas você vai encontrar a senhoria? – ela perguntou, largando a mochila no chão.
– Daqui a pouco. Onze e meia. Ela vai me esperar lá em casa.
Simone descalçou os tênis, tirou a camiseta, as calças, o sutiã, a calcinha. O ventre estava intacto. Nenhum buraco, rombo, nada. Ele suspirou.
– Que cara é essa?
Ele forçou um sorriso. – Não vai tirar as meias?
– Não.
Meia hora depois, na cozinha, ela abriu a geladeira, pegou uma garrafa cheia d'água e alcançou dois copos que descansavam na pia.
– Não tem suco.
Sentaram-se à mesa. Copos cheios. Ele estava descalço. Ela, apenas de camiseta. O nome de uma banda ignorada por Cristiano.
– Você curte metal?
Ela negou. – Demais pra minha cabeça.
– Difícil acreditar.
– Meu Jesus, tem porra escorrendo aqui.
– Por que não toma um banho?

– Depois que você sair.

– Não quer vir comigo?

– Nah. Tenho aula à tarde, não estava mentindo. Mas você pode dormir aqui hoje, né?

Um gole prolongado, depois olhou para o copo. Vazio. – Não sei. Pode ser que eu fique por lá. Tenho que organizar as tralhas, decidir o que guardar, o que vender, doar, jogar fora. E talvez volte pra Silvânia depois, não sei.

– Saquei. Não vou pra Silvânia no próximo fim de semana. Tenho que ir numa festa de aniversário. E você vai pescar com o seu Lázaro, né?

– Parece que vou. No sábado.

– Que lindo. Tirem fotos.

Ele não soube se ela falava a sério ou não. – Mas você pode ir pra lá pra casa, se quiser. Mais tarde, depois que sair da faculdade. Caso eu fique.

– Não sei. Pode ser – ela deixou o copo sobre a mesa, alcançou um rolo de papel-toalha que estava por ali e destacou algumas folhas. Em seguida, abriu bem as pernas, apoiando os pés na mesa, e se limpou como pôde. – Haja porra, maninho.

– Você...

Ela ergueu os olhos, o bolo de papel emporcalhado na mão direita. As pernas ainda escancaradas. – O quê?

Ele queria perguntar se ela se sentia mal com o que vinham fazendo, mas não sabia como. Tudo indicava que não.

– Onde vai jogar isso?

Um sorriso, aquele: – E quem disse que eu vou jogar fora?

Ele voltou ao quarto. Calçou as meias e as botas, depois anotou o endereço e o número do celular numa folha de caderno, que arrancou e entregou para ela, na cozinha.

– E esse número do DF?

– Passei uns dias lá antes de ir pra fazenda. Ainda não comprei um chip daqui. Devo fazer isso hoje.

– Vou te mandar um sms, daí você guarda o meu número. Quando comprar o chip, faz a mesma coisa, tá?

Eles se beijaram no corredor, antes que ela destrancasse a porta. Deixara o papel-toalha socado dentro do copo, sobre a mesa da cozinha. Um resto de água, o copo suado. Eles se beijaram e depois ficaram ali, abraçados. Então, a boca colada na orelha dele, Simone disse, baixinho: – Depois, se você quiser, a gente pode conversar sobre aquilo que você me contou no sábado.

Cristiano concordou com a cabeça, os rostos ainda colados.

– Tá bom.

– E não pira, tá? Com esse lance, com o que a gente está fazendo. Com nada.

Engoliu em seco. – Vou tentar.

– A gente só está se curtindo. Só isso.

– Só isso.

Simone afastou um pouco a cabeça, sem se desvencilhar dele. A ponta dos narizes muito próxima ainda. Tinha uma expressão das mais sérias. Olhava direto nos olhos dele.

– Você tem que se ligar no que é mais importante.

– Que é?

– Você não está mais sozinho. Você não vai ficar sozinho. Nunca mais. Ficar sozinho é ruim. Mas agora você está comigo, com a gente. Tá me ouvindo?

Ele tentou dizer alguma coisa, mas o verbo travou na garganta, como se fosse grande demais para sair. O corpo pesava uma tonelada e meia. A língua, um cadáver enorme se putrefazendo na boca. Inerte.

Ela encostou a testa na dele, suspirou.

Ele fechou os olhos por um instante e, pela primeira vez em muito tempo, não foi tomado de assalto pela profusão de imagens, o gordo, Paulo, Mariângela, Simone, o pai, a mãe, Glória, Silvia, nada, um vazio engordurado e frio, como talvez fosse aquele buraco no ventre de Simone, sim, talvez seja esse o meu lugar, posso me esquecer aqui dentro, a fuga derradeira, o foragido aninhado no oco do sonho, inencontrável, ninguém vai me procurar aqui, quem pensaria numa coisa dessas?, embalado ao som do mijo que jorra lá embaixo, não levanta o vestido desse jeito, não deixa ninguém me ver aqui, e então sorriu e a abraçou com força, abraço que ela retribuiu, sussurrando: – Te amo, maninho. Não pira.

Ficou acertado que ele devolveria as chaves no máximo até o final daquele mês, depois que se livrasse dos móveis e eletrodomésticos e pintasse o lugar. A senhoria lamentou que estivesse indo embora, nunca me deu trabalho, pagando em dia, sempre tão tranquilo.

Depois que ela saiu, Cristiano se deixou ali sozinho, estendido no sofá. Doaria tudo, fogão, geladeira, cama, mesa, TV, cadeiras, sofás. Haveria tempo. Ou talvez levasse tudo para fora e, repetindo o gesto da mulher de Assis, ateasse fogo. Uma bela fogueira. As crianças da rua ao redor, curiosas. Alguém chamando a polícia. O que foi que você fez? O que foi que eu fiz? Ora, por onde eu começo?

Pegou o celular e fez uma ligação.

– Que milagre – disse Mariângela.

– Desculpa. Os últimos dias foram...

– Tudo bem. Eu entendo. – A intranquilidade na voz dela. Certa rispidez. Chateada com o silêncio dele, com o fato de não retornar as ligações, não responder às mensagens, com tudo. – Como vai todo mundo por aí?

– Tranquilo. Acho que vou pescar com o meu velho no fim de semana.

Eu estive aqui. – Mesmo?

– Mesmo. Vou comprar as tralhas daqui a pouco.

Eu estive aqui, mas agora não estou mais. – Estou tentando te imaginar sentado num barranco, segurando a vara de pescar, olhando praquela água turva e não pensando em absolutamente nada.

– Esse é o espírito.

Houve uma pausa, Cristiano olhando para o teto, pensando se seria melhor não ter ligado. Deixar-se desaparecer. Foi bom, mas.

– Tu não me atendia nem retornava as ligações – ela disse com um certo cansaço, arrastando as palavras. – Achei que tivesse reencontrado uma ex-namorada por aí.

– Minhas ex estão todas casadas.

– Procurou saber, então?

– Não precisei. Esse tipo de informação a gente recebe sem pedir.

Ela riu sem muita vontade. – De fato.

Outra pausa. O som da TV ligada ao fundo. Ela estava na recepção do hotel. Ele a imaginou debruçada no balcão, com seu uniforme de faxina, os cabelos presos. Ele a viu deitada na cama, os braços abertos, as pernas, pronta. A pequena cicatriz. Eu estive aqui, mas. O cheiro almiscarado. Você não está mais sozinho.

– Não reencontrei nenhuma ex. Pode ficar tranquila.

– Eu estou tranquila. Minha cozinheira volta amanhã. Estamos com três hóspedes.

– Isso parece bom.

– Pensei bastante em ti.

– Isso também parece bom.

– Tu pensa em mim?

– Penso.

– Quando?

Ele se sentiu subitamente contaminado pelo cansaço dela. Você não vai ficar sozinho. Nunca mais.

– Pensei em te visitar – ela disse.

– Pode ser arranjado. Quando está pensando em vir?

Quando? Isso foi antes, querido. Agora, eu já não sei. – Mas não queria forçar nada.

– Eu sei que não.

– Tu está na fazenda?
– Não. Em Goiânia. Precisava resolver uns assuntos.
– Tu está em tudo que é lado, Cristiano. – Mas custo a crer que tenha estado mesmo aqui. – Em toda parte.
– "O espírito do Senhor enche o universo."
– O que é isso?
– Sabedoria, capítulo 1, versículo 7.
– Tu não era crente quando saiu daqui, apesar de carregar aquela Bíblia pra tudo que era lado.
– E não sou agora. – Sorriu. – Isso aí é o resultado da mistura de uma educação católica com uma memória desgraçadamente boa.
– Tu te lembra de tudo, é?
– De muita coisa. As freiras me adoravam.
– Um coroinha.
– Não cheguei a tanto. Mas eu gostava do Livro. Me sentia bem.
– Acho que todo mundo procura alguma paz de espírito, né?

A ligação caiu antes que ele respondesse. Olhou para o celular. Sem bateria. O carregador estava no carro. Pensei bastante em ti. Lembrou-se de que precisava comprar um chip local. Pensei em te visitar. Separados por duzentos quilômetros agora. Distantes daquela atmosfera de intimidade. Duzentos. Rarefação. Parece que tudo fica a duzentos quilômetros. Exceto o carro. O carro estava ali fora. Levantou-se e foi buscar o carregador.

— A bateria acabou.
— Imaginei.
— Quando a ligação caiu, você perguntava se todo mundo procura alguma paz de espírito.

Ele estava sentado no chão empoeirado do quarto, as portas e gavetas do guarda-roupa abertas, as roupas espalhadas ao redor. Cheiro de mofo.

— Não era bem uma pergunta.
— Eu encarei como uma pergunta.
— Ok.

A janela estava aberta. O quarto era iluminado por uma luz difusa, que se estatelava na parede branca defronte à janela e depois se espalhava, desorganizada.

— Então. Eu acho que sim. Eu acho que todo mundo procura alguma paz de espírito.
— Ia estranhar se tu dissesse que não.

Ele queria se levantar, caminhar até a cama e se sentar ali, na beirada, como o pai costumava fazer anos antes, outra cama, outro quarto, outra casa, mas o fio do carregador não iria tão longe.

— Tu está bem?

Ele não respondeu. Levantar-se. Vencer os duzentos quilômetros que os separavam e.

— Olha, Cristiano, eu acho que...

E o quê?

— Queria te confessar uma coisa. Contar uma história.

Outra cama, outro quarto, outra casa. O mesmo cheiro de mofo, contudo. Olhou na direção da janela. A luz.

– Mas não são duas coisas diferentes? – A voz dela tremia.

– Confessar e contar uma história?

– Não importa. Você vai me ouvir ou não?

Mariângela respirou fundo do outro lado da linha. Respirou fundo e esperou.

Ele colocou todas as roupas e calçados em sacolas e as deixou sobre a cama, depois decidiria o que fazer. Havia uma igreja na Praça Boaventura, ali perto. Sagrado Coração de Jesus. Talvez aceitassem doações. Um pouco mofadas, mas. Olhou para o guarda-roupa esvaziado. Fechou a janela e saiu do quarto. Ainda não tinha almoçado, mas não sentia fome. Uma brisa entrava pela porta aberta da sala. Casa de fundos. Não via a rua dali. Precisava contornar a casa da frente e adentrar uma espécie de corredor estreito e descoberto, entre a parede da casa e o muro do vizinho. Entrada independente, dizia o anúncio no jornal. Morava ali desde que se formara. Sete anos. A médica retornando do Rio Grande do Norte, o irmão cassado no meio do segundo mandato, dizendo que ele podia continuar no apartamento, se e pelo tempo quisesse. Você sabe, eu fico mais em Silvânia. Não era necessário. Obrigado por tudo. Seu pai me disse que você está mexendo com política. Os olhos dela brilhavam. Sim, senhora. Ele não parece muito satisfeito com isso, mas eu lhe digo o seguinte: pode ser muito bom, se você souber o que está fazendo. É o que eu acho. E a regra número um é não confiar em ninguém. Entendido. Meu irmão confiou e se estrepou bonito. Ela o puxara para si e o abraçara, você vai se dar bem, é um rapaz esperto. Ele tentaria acreditar nisso, ao menos por um tempo.

Por fim, ele foi ao Carrefour e comprou o que o pai lhe pedira e também algumas cervejas importadas. Imaginou-se sentado com o velho na varanda ou diante da TV, bebericando, planejando a pescaria, tranquilos. Resolveu voltar para a fazenda naquela tarde. Retornaria a Goiânia na quarta-feira, quando cuidaria dos móveis, da pintura e do que mais houvesse (a fogueira no meio da rua, as crianças ao redor), resolveria tudo e entregaria as chaves o quanto antes.

Passava das 16 horas quando pegou a estrada. O sol não dava trégua. Ligou o ar-condicionado. O calor se tornou um ruído branco lá fora, algo desmaiando o mundo, arranhando a lataria do carro. Precisava de óculos escuros.

No trevo de Silvânia, cinquenta minutos depois, em vez de dobrar à direita na estrada de terra, fez o contorno e logo descia rumo à cidade. Não procurava por nada, não tinha o que fazer por lá, ninguém que quisesse visitar, mas seguiu em frente mesmo assim.

Eram 17 horas e o portão do Auxiliadora despejava uma enxurrada de crianças na calçada. Os carros dos pais se amontoavam ali na frente. Cristiano passou por eles e estacionou mais abaixo. Voltou caminhando pela calçada, no contrafluxo, as cabeças formando uma corredeira estridente. Quando chegou ao portão, o fluxo já rareava. O pátio estava quase vazio. Entrou, a quadra de esportes à direita, a capela à esquerda, as salas de aula escancaradas à frente e o ar ainda eletrificado. Na primeira vez em que entrara ali, levado pela mãe, ele se lembrou, não sentia medo, mas curiosidade pelo que encontraria, meio tonto, eram muitas outras crianças, um coleguinha de aparelho nos dentes chorando num canto da sala escura, assustado, chamando pela mãe que o deixara, a professora tentando consolá-lo, depois vindo na direção de Cristiano e Maria, os dois ainda parados na porta, agachando-se, qual é o seu nome?, o que você gosta de fazer, Cristiano?

– Desenhar – ele respondera, encabulado, olhando de esguelha para a mãe, que sorria.

– E o que você gosta de desenhar?

– Super-heróis.

Na sua lembrança, a sala de aula era muito mais escura do que deveria ser na verdade. Parado ali na porta, não conseguia enxergar os colegas direito, uma enorme janela aberta do outro lado, os rostos na contraluz.

– Posso te ajudar? – Uma freira idosa estava parada a alguns metros dele, no meio do pátio. Usava véu e um vestido cinza.

– Boa-tarde, irmã.

– Boa-tarde. Veio buscar alguém? Acho que já saíram todos. Posso ajudar?

– Não. Acho que não.

– Daqui a pouco vão fechar o portão.

– Eu sei.

– Você parece procurar alguma coisa.

Sorriu. – Pareço, irmã?

– Parece.

– E o que seria?

A freira gargalhou. – Se você não sabe, como é que eu vou adivinhar?

Ela deu meia-volta e, sem parar de rir, balançando a cabeça, tomou o rumo do outro pátio, contornando a capela.

– Daqui a pouco vão fechar o portão – repetiu sem se virar, antes de desaparecer.

Cristiano olhou mais uma vez ao redor. O lugar deserto. Você não vai ficar sozinho. Nunca mais.

Nos meses posteriores à morte da mãe, e também no começo do ano seguinte, quando adentrava aquele mesmo pátio com sua lancheira d'*Os Trapalhões* (dentro, a garrafa térmica com suco de laranja, e mais nada) e uma confusão enorme no peito, o coração batendo na boca do estômago, era comum que alguns colegas se aproximassem e, parando à sua frente, rasgassem:

– É verdade que a sua mãe morreu?

Nunca eram os mesmos, eles se revezavam na experimentação da estranheza. Ele sentia os olhares curiosos, o modo como os outros o encaravam e catalogavam como uma espécie de pária, um dos poucos por ali que não tinham mãe, melhor não se aproximar demais, melhor manter distância, talvez seja contagioso ou coisa parecida.

Cristiano balançava a cabeça: sim, era verdade.

– E do que foi que ela morreu?

Nas primeiras vezes, ele ainda respondia: – Apendicite. E depois teve uma infecção.

Apendicite, infecção. Eram palavras difíceis, e em mais de um sentido (especialmente para ele).

– Você precisa ser forte – diziam as freiras e professoras e os parentes e conhecidos, praticamente todo adulto que dele se aproximava com a melhor das intenções e um mundo de pena e comiseração. Ele tentava se esquivar disso, também, mas era impossível.

Era um alvo fácil.

Com o passar do tempo, deixou de responder às perguntas cruas que os colegas lhe faziam no pátio, o que contribuiu para torná-lo ainda mais esquisito aos olhos dos outros.

Aquele menino caladão ali. A mãe dele morreu?

Ficava sozinho no recreio, lanchava e, às vezes, corria até o banheiro para vomitar; era como se a merenda não desse com nada lá dentro, estômago ou o que fosse, e, não tendo o que fazer, optasse por voltar. A única pessoa por ali que não o admoestava era uma senhora baixinha, de olhos tranquilizadores e nada inquisitivos, que não o olhava com pena, curiosidade ou estranhamento. Era a merendeira. Assim, mesmo nos piores dias, quando tinha plena consciência de que a comida não descansaria um minuto sequer no estômago, de que teria de atravessar o pátio rumo ao banheiro e, encolhido num reservado, colocar tudo para fora, Cristiano ainda fazia questão de ocupar o seu lugar na fila e, pote azul na mão, receber não só a merenda, mas o sorriso confortador daquela pequena mulher.

A coisa só melhoraria em meados do ano seguinte, o fato curioso da morte da mãe um pouco distanciado (aos olhos dos outros). No entanto, odiaria para sempre atravessar aquele pátio, jamais se livrando da sensação de que alguém o interpelaria a qualquer momento e, sem a menor cerimônia, trazendo tudo de volta, ao nível da pele e da fala, à superfície.

Agora, ao se lembrar, experimentou de novo aquela sensação. Que diabo vim fazer aqui? O pátio vazio não lhe poderia responder, mas, ele pensou, talvez fosse o momento de se reconciliar com o lugar, não só o colégio, mas também a cidade. Quando foi que nos desentendemos? Riu sozinho ao pensar nisso. Antes procurasse esquecer tudo, se conseguisse. Se fosse possível.

Olhou ao redor: deserto.

É verdade que a sua mãe morreu?

O estômago quis devolver algo, mas estava vazio. Apoiou-se nos joelhos, o corpo meio lançado adiante, como se vasculhasse o chão. Um bloco de cimento encardido. O que você está procurando? Seus olhos lacrimejavam. O que você perdeu? Sentiu-se mais do que nunca confundido com o pó e a cinza daquele passado remoto, ou nem tão remoto assim, é verdade que a sua mãe morreu?, pó e cinza somados aos de suas ações recentes.

Os joelhos tremiam.

Endireitou o corpo e caminhou com dificuldade até uma das entradas laterais da capela, as portas estavam fechadas, e se sentou num degrau, o mais baixo.

Você não está mais sozinho.

Ali sentado, chorou um pouco. Em geral, àquela hora, já teriam fechado o portão, mas não havia sinal do funcionário responsável. Manteve as mãos junto ao estômago, que doía, o rosto voltado para o chão. As lágrimas desenhavam um mapa improvável, uma geografia mutante e temporária, destinada a desaparecer completamente. Como aquele lugar. Como qualquer outro lugar, em qualquer parte do mundo.

Ele se acalmou aos poucos.

Quando passou pelo portão, a fila de carros tinha desaparecido. O Palio estava uns trezentos metros abaixo, solitário agora. Cristiano caminhou sem pressa até ele, desativou o alarme, entrou. Deixou-se ali por um tempo, a respiração ainda pesada, os olhos vermelhos no retrovisor. Encaixou a chave na ignição e deu a partida, mas não saiu do lugar. Uma carroça descia a avenida. O cavalo resfolegava. Esperou que sumissem na esquina seguinte, e então arrancou, fez o retorno e começou uma lenta subida na direção do trevo, deixando a cidade.

Quando, lá em cima, o carro enfim aterrissou na estrada de terra, o sol se pondo além da poeira, Cristiano acelerou.

– Ainda é cedo – disse.

Como se não estivesse sozinho ali dentro. Como se alguém pudesse ouvi-lo em algum lugar.

São Paulo, janeiro de 2013 – janeiro de 2015.

NOTAS E AGRADECIMENTOS

As citações bíblicas foram retiradas da *Bíblia de Jerusalém* (vários tradutores – Paulus Editora: São Paulo, 2002).

Agradeço a Edmar Camilo Cotrim, Luis Fernando de Sousa, Jayme Celestino de Freitas, Luciano Henrique Ponce Leones e Pedro Ponce de Leones por me ajudarem com informações sobre Brasília, Silvânia e região. Faz algum tempo que deixei o Centro-Oeste; a quantidade de erros e imprecisões seria bem maior se não contasse com a ajuda de vocês.

Agradeço a Flávio Izhaki, meu editor, e a Marianna Teixeira Soares, minha agente.

André de Leones

Este livro foi impresso na Editora JPA Ltda.,
Av. Brasil, 10.600 – Rio de Janeiro – RJ,
para a Editora Rocco Ltda.